PUR SANG

DU MÊME AUTEUR

Grossir le ciel, La Manufacture de livres, 2014
Plateau, La Manufacture de livres, 2016
Glaise, La Manufacture de livres, 2017
Né d'aucune femme, La Manufacture de livres, 2019
Buveurs de vent, Albin Michel, 2020
Fenêtre sur terre, Phébus, 2021
L'Homme peuplé, Albin Michel, 2022

www.editionsphebus.fr

ISBN : 978-2-7529-1259-6

FRANCK BOUYSSE

PUR SANG

ROMAN

LA MARCHE DU RÊVEUR

PHÉBUS

AVANT-PROPOS

Il est parfois bon, salutaire même, de se retourner afin de rebrousser chemin, non pour se rassurer en reconnaissant un territoire déjà traversé, mais pour se pencher sur ses propres traces.

Me pencher sur mon parcours d'écrivain.

Après m'être nourri de toutes sortes de livres sans projet préétabli, j'ai longtemps fait des gammes, écrit *à la manière de,* expérimenté le fond plutôt que la forme. Puis à un moment une image a surgi, provoquant une grande émotion qui a fait tinter en moi une note singulière, la première qui semblait m'appartenir, la note originelle. Cette note m'était soufflée par un vagabond, guitariste génial, pitoyable figure d'un Ulysse cherchant, grâce à la musique et à l'alcool, à faire apparaître une île ensorcelée, à atteindre une autre dimension où l'attendrait la femme aimée, à retrouver l'harmonie des planètes dans son ciel intérieur.

Tous les textes qui suivront découlent d'une corde

frottée par un vagabond anonyme – l'Homme –, dont le ruissellement sonore fit aussi naître *Pur sang* ; la légende d'Eden Creek, celle de La Croix du Loup, toutes deux composées par le martèlement des sabots et le regard d'un loup. Après des années de sommeil et plusieurs versions déjà écrites, Elias s'est de nouveau réveillé. Il me fallait alors raconter son histoire, toute son histoire, cette fois, sans plus rien omettre.

Si je décline mes obsessions, mes révoltes intimes, il n'en est pas moins vrai que rien n'est possible sans personnage pour les véhiculer, les incarner. Ce personnage catalyseur, ni héros ni antihéros, apparaît d'abord nu et revêt son histoire au fil du récit. Je le découvre en *l'écrivant*, le couvre d'habits-mots tissés à partir de mes vents intérieurs. Elias, le protagoniste du livre, semble être à sa place au début du récit, dans ce coin reculé du Montana. Il a été élevé par un couple d'Indiens, descendants de la tribu des Nez-Percés massacrés par les tuniques bleues non loin de la frontière canadienne à la fin du dix-neuvième siècle. Papa et Mama Tulssa veillent sur l'enfant, lui vouant un amour sans faille, après la disparition de ses véritables parents, français. Nul ne peut réduire ses origines au silence, sous peine de s'effondrer. Elias devra partir en quête. Ce sera le début d'une longue errance, ayant pour but d'atteindre la maison mère, là où tout a commencé : La Croix du Loup. Mais voilà que cette maison semble s'éloigner d'Elias au fur et à mesure qu'il s'en rapproche, à l'instar de celle d'Alice au-delà du miroir. Comme si, inconsciemment, il repoussait le moment d'ouvrir la porte derrière laquelle se trouveraient d'innommables fantômes.

Elias déraciné, à la recherche d'une terre dans laquelle s'ancrer. Ce lieu existe-t-il, ou sera-t-il celui d'un nouveau déracinement ? Quelle que soit la réponse, Elias n'aura d'autre choix que de creuser cette terre pour en extraire les ossements de ses ancêtres, les faire parler. De révélation en révélation, celles de Mama Tulssa d'abord, celles de John Gray ensuite, Écossais expatrié, qui deviendra l'ami, Elias apprendra que les plus grandes tragédies font leur nid au creux d'amours absolues et que les lois des hommes sont instruments du malheur. Il est question d'amour dans ce texte, d'amour passé, d'amour présent, d'amour possible. Parce qu'il n'y a pas de sentiment plus pur que celui-là pour conduire à l'errance, l'autre nom du destin.

Pur sang est une histoire flottant dans l'univers paisible et insensible aux drames humains, immuable toile de fond sur laquelle ils ne sont rien que des étoiles mourantes, des illusions, des rêves rêvés par un rêveur vagabond.

J'ai désormais suffisamment rebroussé chemin pour comprendre que l'ombre de mes traces est aussi devant moi.

Et la lumière brilla dans les ténèbres et
À l'encontre du Monde le monde inapaisé
continua de tournoyer
Autour de la Parole silencieuse.

T. S. ELIOT

EDEN CREEK

Un enfant se mit à pleurer, puis sa voix s'éteignit. Peut-être qu'on l'avait fait taire. On n'entendait plus que le craquement de la neige sous les pas des hommes, des femmes, des enfants et sous les sabots des chevaux, comme le bruit obsédant d'un tissu qu'on déchire ; et aussi les bourrasques de vent châtiant la cime des sapins.

Ils progressaient en file indienne, lentement, dans le brouillard qui avait permis de protéger leur fuite désespérée, et aucun d'entre eux n'aurait su dire combien ils étaient au moment du départ. Ils avaient suivi le guide désigné, sans se retourner sur ceux qui les avaient couverts en y laissant la vie, frères et sœurs massacrés par les soldats de l'armée des États-Unis d'Amérique ; sans plus se retourner sur les dernières sentinelles chargées de relever les corps fatigués, et encore moins sur les cadavres abandonnés dans la poudreuse.

Ils marchaient tête baissée pour se protéger de la poussière glaciale, silhouettes informes couvertes de peaux d'animaux en voie d'extinction, supportant trop de poids, semblables à des lépreux harassés fuyant le reste de l'humanité, sans but.

Ils n'osaient pas poser de question au guide sur ce périple insensé.

Une femme s'agenouilla en queue de convoi. À ce moment précis, elle se souvint avoir entendu un révérend fou proférer le mot de Canaan. C'était en Oregon, il y avait plusieurs mois de cela. À l'époque, elle n'avait pas compris ce qu'il disait, et aujourd'hui ce mot sonnait dans sa tête telle une incantation tribale, Cana-An, Cana-An, Cana-An, sûrement pas l'espoir d'une terre promise lancé en secret, mais une harangue faite à la mort pour lui demander de geler son sang et de laisser les flocons tisser un linceul sur sa frêle dépouille. Deux guerriers approchèrent, la saisirent sous les aisselles et l'accompagnèrent un moment, puis elle poursuivit sa marche. Cana-An, Cana-An…

L'enfant pleura de nouveau, à moins que ce ne fût un autre, et il se tut.

DES LÉGENDES COURAIENT SUR EDEN CREEK. Il se disait que le nom donné à cette région perdue du Montana était l'exact reflet de ce qu'on pouvait y trouver, si tant est qu'un lieu plutôt qu'un autre puisse receler le bonheur ou le malheur, si tant est que des hommes puissent décider d'une telle chose en le baptisant.

L'histoire dépassait la légende. Celle de ces Indiens qui avaient fondé Eden Creek en silence, étouffant leurs cris et leurs chants, muselant les tambours et les cœurs des tambours au creux de cette vallée, avec la peur de revivre les charges de cavaliers en uniforme. Le silence. Le prix pour le paradis. Après avoir payé pour l'enfer.

Tout avait commencé en Oregon. La tribu des Nez-Percés, aussi appelés Rêveurs, vivait alors paisiblement sur les bords de la Wallowa River, suivant le mode de vie de ses ancêtres Nimiipuu, un nom qui signifiait : *Nous, Le Peuple*. Les Indiens avaient toujours vécu en nomades, cueilleurs, chasseurs, respectant le rythme des saisons et la migration du gibier. Ils n'avaient que faire d'un dieu habitant le ciel, eux qui de toute éternité vénéraient la *Mère Terre*. Ils étaient liés à la nature, au même titre que chacun des éléments qui la composaient. Les pierres aussi possédaient un esprit. Tout être et toute chose étaient ainsi sacralisés, et la mort donnait aux cadavres le pouvoir d'invisibilité, rien de plus.

Au cours du dix-neuvième siècle, Le Peuple observa d'un œil curieux les interminables caravanes qui traversaient son territoire, en route pour l'ouest. Des chariots s'arrêtèrent et des hommes blancs convoitèrent ses terres, une bible à la main, remettant en question la présence des Indiens chez eux. Il y eut d'abord des escarmouches et ce fut l'escalade de la violence. Sous la pression permanente des colons, les commissaires fédéraux négocièrent un traité avec quelques chefs conciliants : les Nez-Percés devaient quitter le plus rapidement possible la fertile vallée de Wallowa pour rejoindre une petite réserve aride située près de Lewiston dans l'Idaho. De jeunes et farouches guerriers entrèrent en rébellion contre cette injustice qui les dépossédait de leur terre et de leur histoire.

Ce fut le meurtre du vieux brave Eagle Robe par un colon nommé Larry Ott qui mit le feu aux poudres. L'Indien avait généreusement autorisé Ott à vivre sur ses terres, lui octroyant une parcelle à cultiver. Il s'aperçut plus tard que l'homme avait accru sa propriété à son insu et tenta de lui faire entendre raison. Ott tua Eagle Robe sans le moindre état d'âme. Le fils du vieil homme, ainsi que d'autres guerriers, assoiffés de vengeance, se mirent en chasse dans le but d'abattre le meurtrier. Ils ne parvinrent pas à le trouver, mais laissèrent de nombreux cadavres de colons dans le sillage de leur traque, tous réputés pour être des ennemis des Nez-Percés.

Une délégation de chefs se présenta en tenue d'apparat au général manchot Oliver Howard pour faire amende honorable, tenter d'apaiser les tensions. Le soldat expérimenté, que la presse appelait le « général chrétien », détestait les Peaux-Rouges et n'avait aucune envie de perdre une occasion d'en éliminer légalement un maximum. Malgré la protection du drapeau blanc brandi par les Indiens, ils furent reçus à coups de carabine. Il n'était plus possible de revenir en arrière. La mécanique de la violence était enclenchée et les forces en présence bien trop déséquilibrées.

Le respecté Chef Joseph prit la tête des rebelles et invita ceux qui le souhaitaient à se joindre à lui dans sa fuite. On rassembla ce que l'on pouvait transporter et une longue colonne se mit aussitôt en marche vers le nord. Dans les jours qui suivirent, le général Howard lança ses chiens en toute confiance. Le premier régiment de cavalerie partit aux trousses des Nez-Percés, conduit par le capitaine David Perry, vétéran de la guerre de Sécession. Il était secondé par

William Parnell, qui avait survécu à une vingtaine de batailles et à la guerre des Modocs contre l'impitoyable Captain Jack.

La première confrontation eut lieu à White Bird Canyon, dans l'Idaho. Contre toute logique militaire, les Nez-Percés eurent le dessus et tuèrent trente-quatre soldats, sans déplorer la moindre perte. Peu après, l'armée américaine fut de nouveau défaite sur les rives de la Salmon River, et à deux reprises à Camas Prairie. Chef Joseph était fin stratège, mais il savait aussi que son peuple ne connaîtrait plus jamais la paix, à moins de passer la frontière et de rejoindre le camp de Sitting Bull, au Canada. Une longue marche pour la liberté débuta. Les Nez-Percés traversèrent l'Oregon, l'Idaho, le Wyoming et le Montana, sur plus de deux mille sept cents kilomètres, la mort dans leur sillage.

Jour après jour, les Indiens déjouaient les pièges tendus par les soldats. Mais, à Big Hole, dans les Bitterroot Mountains, à l'ouest du Montana, alors que l'aube se levait à peine, leur campement fut attaqué. Les soldats massacrèrent femmes, enfants, vieillards et guerriers, sans distinction. Les survivants s'enfuirent vers le sud, avant de remonter vers le nord, par le parc national de Yellowstone, persuadés que leur ultime espoir était de rejoindre Sitting Bull. Les guerriers Crows, autrefois alliés des Nez-Percés, se rangèrent du côté de l'armée. Ils connaissaient parfaitement le terrain, contrairement aux soldats. Traqués par les renégats, et ralentis par les blessés, les femmes et les enfants, la chance des Nez-Percés d'échapper à leurs poursuivants s'amenuisait d'heure en heure.

Chef Joseph et les siens furent rattrapés par l'armée du colonel Miles dans les Bears Paw Mountains, à une trentaine de kilomètres du camp de Sitting Bull. Beaucoup étaient déjà morts de faim, de froid, ou d'épuisement quand s'engagea l'ultime combat à armes inégales.

Les guerriers Nez-Percés vendirent chèrement leur peau. Un matin, au milieu des bourrasques de neige, ils entendirent un terrible fracas venu des cimes et crurent que Sitting Bull lançait ses troupes à leur rencontre. Ce n'était qu'un troupeau de bisons au pelage recouvert de neige qui dévalait la montagne, dans une apparition fantomatique. Après six jours de lutte acharnée, les troupes du général Howard rejoignirent celles de Miles pour donner le coup de grâce. Chef Joseph et les siens, épuisés, n'eurent d'autre choix que de capituler.

Ce que ne savaient pas les soldats, c'était qu'au tout premier jour de l'affrontement les guerriers indiens avaient couvert la fuite de deux groupes d'une cinquantaine des leurs, le premier prenant la direction du nord, vers le Canada, et le second celle de l'ouest.

Lorsqu'il rendit les armes, Chef Joseph espérait avoir sauvé quelques-uns des siens. Il n'avait aucune idée de s'il y était parvenu. Il demanda à retourner dans la vallée de Wallowa pour y finir ses jours. Sa requête fut rejetée et il fut envoyé au Kansas, puis dans la réserve de Colville, dans l'État de Washington. Il mourut en 1904, le cœur brisé. Jamais plus il ne foula la terre de ses ancêtres.

Kapkap Ponmi, la fille de Chef Joseph, faisait partie du groupe qui parvint à rejoindre Sitting Bull. Sa liberté fut de courte durée, car elle fut capturée quelque temps après et conduite dans une réserve, loin de son père.

Après des semaines de marche harassante, la cinquantaine de fugitifs qui avait pris la direction de l'ouest s'arrêta dans une vallée perdue du Montana. Parmi eux se trouvait le jeune fils de Chef Joseph.

Il s'appelait Eden Cloud et la vallée fut baptisée Eden Creek.

DANS LA PÉNOMBRE d'une fin d'après-midi printanière traversée çà et là d'écheveaux de lumière oblique, l'homme tendit lentement le bras vers l'enfant et posa la main sur son épaule. De l'autre main, il releva sa carabine, le canon à hauteur de hanche.

– Bouge pas, fils… Bouge surtout pas, dit l'homme à l'enfant.

Tous deux fixaient le loup immobile qui se tenait face à eux, à moins de quarante pas, entre deux immenses hêtres à l'écorce accordée au pelage gris clair. Campé sur un lit de calthas des marais, le loup semblait posé là, une apparition incarnant une forme magnifiée de la nature. Vivant reposant sur le vivant.

L'homme était grand et massif, dans la force de l'âge, et de longs cheveux noirs et lisses lui tombaient à mi-dos. La peau cuivrée de son visage abritait deux sombres petits yeux en amande, et ils ne cillaient même pas en regardant l'animal. L'enfant avait une dizaine d'années, son teint était plus clair et ses yeux et ses cheveux aussi, qu'il portait longs. C'était la première fois qu'Elias se trouvait face à un loup. Papa Tulssa lui avait raconté des histoires, mais être confronté à un tel animal dans toute sa farouche splendeur, c'était autre chose qu'un mot dans une phrase.

– Il a plus peur que toi, mais il le montre pas... ajouta Papa Tulssa sans quitter le loup des yeux.

Comment un gamin habitué à vivre depuis toujours dans ces montagnes Rocheuses aurait-il pu croire une chose pareille, même avec le canon d'une arme pointée en direction de la bête, même avec un doigt posé sur le pontet, prêt à glisser sur la détente en cas d'ultime nécessité ?

On racontait pourtant que les Indiens et les loups appartenaient à une noble lignée ancestrale et que leurs esprits se rejoignaient dans un coin du ciel. Que leur entente silencieuse ne souffrait aucune frontière et que passer d'une vie à une autre ne changeait rien à cela. Papa Tulssa avait confiance en son instinct, mais l'enfant était sous sa protection. Il ne prendrait pas le moindre risque.

Le loup avait évité chaque obstacle, ventre à terre, le corps griffé de fils d'or au passage des trouées du feuillage, le museau planté dans la chair de l'espace, et l'espace replié sur le temps, comme un cyclone naturalisé. Un mélange de particules tendant vers l'unité magistrale du monde.

Elias était fasciné, il n'avait plus peur. Le loup secoua la tête pour leur faire comprendre que l'endroit où se trouvaient Papa Tulssa et Elias était son territoire, mais qu'il ne leur en voulait pas d'être là, tant qu'ils ne s'attardaient pas. Puis les deux prunelles se fixèrent de nouveau sur les humains, semblables à des morceaux de verre pilé enfoncés dans la neige.

Celui qui n'a jamais croisé le regard d'un loup ne peut comprendre à quelle expérience on se soumet, cette certitude de répondre à une invitation, d'obéir à un ordre – rester bien sagement à distance –, avec la sensation que ce n'est pas lui qui se trouve au bout du fusil, que l'arme n'existe même pas ; que c'est lui qui décide de tout, et que l'opacité de l'espace qu'il vous permet d'occuper est dans vos yeux à vous, que cet espace est précisément le lieu du rendez-vous. Admettre que l'un comme l'autre ne possède rien, mais détient un simple laissez-passer temporaire.

La rencontre parut durer des heures à l'enfant, en réalité deux ou trois minutes. Puis le loup fit demi-tour, telle une branche rencontrant un courant contraire sur une rivière, et il se mit à trottiner, zigzaguant entre les touffes de callunes et d'ajoncs et les troncs d'arbres. C'était beau de le voir se fondre dans la forêt, d'en être.

Lorsque le loup eut disparu, Papa Tulssa releva la carabine et appuya la platine contre une épaule. Sa main sur l'enfant n'avait pas bougé.

– Tu crois qu'il aurait pu nous attaquer ? demanda Elias.

– Pourquoi il aurait fait une chose pareille ?

– T'avais pas l'air si sûr de toi, tout à l'heure.
– T'aurais pas été avec moi, jamais j'aurais pointé l'arme sur lui.
Elias sourit sans regarder Papa Tulssa.
– Si tu le dis…
– Crois-moi, on vit ensemble depuis toujours. On se connaît bien.
– On ?
– Les Indiens et les loups, je veux dire. Quelque chose qu'on a en commun, dans le sang, et qui vaut depuis la nuit des temps.
Elias réfléchit un instant, avant de parler.
– Tu penses qu'un loup est capable de faire la différence entre un Indien et un pas Indien ?
– J'en suis certain.
Le gamin réfléchit de nouveau, puis il dit :
– Les Indiens seraient plus proches des animaux, d'après toi.
– En tout cas, nous, on fait tout pour garder un lien que d'autres ont brisé depuis longtemps.
– D'autres, tu veux dire les Blancs ?
– C'est pas aussi simple, y en a des bons.
– Et des Indiens mauvais aussi ?
– Aussi, mais ils sont moins nombreux.
– Ça tient à quoi, alors ?
Papa Tulssa cogna le poing sur sa poitrine.
– Au cœur.
– Y a une bonne couleur pour le cœur ?
– Un jour, je t'expliquerai encore deux ou trois choses à connaître pour bien grandir. Il faut rentrer

maintenant, Mama Tulssa va s'inquiéter si on est pas de retour avant la nuit.

– Pourquoi tu veux pas me répondre tout de suite ?

– Chaque chose en son temps, tu es encore un peu jeune pour entendre l'explication que je pourrais te donner.

– C'est ce que disent les grandes personnes quand elles ont pas de réponse, ou quelque chose à cacher.

Papa Tulssa esquissa un sourire, puis il dit :

– Allez, viens, petit futé, tu m'auras pas à ce jeu-là.

L'homme et l'enfant se mirent en route à travers la forêt, à l'opposé du loup, empruntant une sente étroite bordée de pins à crochets, de fagots de jeunes hêtres et de quelques bouleaux, leurs silhouettes semblables à deux coups de pinceau tracés à la va-vite sur une toile monumentale. Elias se retournait souvent pour voir si le loup les suivait.

– Je crois qu'il est pas loin, qu'il nous observe, je le sens, dit-il.

– Tu le sens.

– Oui, je le sens.

– Alors on est deux.

Le soir tombait désormais sous les frondaisons. On entendait au loin le vent balayer les arbres en lisière, sifflant à la manière d'un serpent colérique incapable de pénétrer la forêt, prisonnier au-dehors. En remarquant l'air soucieux d'Elias, Papa Tulssa s'arrêta, s'accroupit face à l'enfant, déposa la carabine au sol et plaqua les paumes de ses mains sur ses jambes. Le gamin plongea son regard dans celui de l'Indien, avec toujours la même émotion d'être exactement au centre d'un univers occupé par eux seuls.

– Tu peux marcher tranquille, il t'arrivera jamais rien tant que je serai là pour y veiller. Tu peux me faire confiance.

– Je sais.

– Alors, faut pas avoir peur.

Elias ne dit rien de plus. Il n'avait pas peur, mais ça lui plaisait que Papa Tulssa le pense. L'Indien se redressa et ils reprirent la route. L'enfant jetait parfois un coup d'œil à droite ou à gauche, espérant apercevoir la silhouette gracile, qu'elle s'invite dans son champ de vision, le temps d'un éclair.

QUAND ILS ESTIMÈRENT QU'ELIAS était en âge de comprendre, Papa et Mama Tulssa lui avouèrent qu'ils n'étaient pas ses vrais parents, qu'il se prénommait bien Elias, mais que Tulssa n'était pas son vrai nom.

– Tu t'appelles Greenhill, Elias Greenhill, dit solennellement Papa Tulssa.

Elias demeura impassible. Mama Tulssa avait les larmes aux yeux, inquiète face à l'absence de réaction du garçon, se demandant ce qui pouvait lui passer par la tête en cet instant. Papa Tulssa raconta l'histoire de Charles et d'Estelle Greenhill, leur arrivée à Eden Creek quand Elias avait trois ans. Ils avaient acheté la petite ferme en lisière de forêt. Charles connaissait les chevaux, mais n'entendait pas grand-chose aux tâches agricoles. Il avait alors engagé le couple d'Indiens. À l'époque, Papa Tulssa offrait ses services de journalier à qui voulait bien l'embaucher dans la vallée et l'idée d'avoir un emploi fixe et un logement fut une bénédiction pour sa compagne et lui. La région n'avait pas de secret pour eux, et les affaires de la terre non plus. L'entente fut immédiate. Les Greenhill se reposaient sur les Tulssa, qui n'épargnaient pas leurs efforts pour mériter la confiance de leurs bienfaiteurs. Ils ne parlaient jamais de leur passé : comment ils étaient parvenus ici avec peu de bagages, mais suffisamment d'argent pour prendre un nouveau départ.

Ce fut un an après qu'eut lieu le drame. Une épidémie sévit dans la région. Un virus mortel d'origine inconnue décima une grande partie de la population de la vallée et emporta les Greenhill. Il était trop tard lorsqu'ils furent transportés à l'hôpital de Lincoln. Les médecins ne purent rien faire pour les sauver, tant le mal était foudroyant. Seuls les Indiens de souche furent épargnés par cette maladie.

Un long silence suivit les révélations.

– C'étaient des gens bien. Ta mère était d'une grande beauté. Ils avaient de belles manières, elle et ton père. Ils s'étaient faits à ce pays rude. On leur a promis de s'occuper de toi comme si t'étais notre propre fils. Juste avant de mourir, ils nous ont donné la responsabilité de la ferme, le temps que tu grandisses et qu'elle te revienne. Ils avaient confiance en nous, dit Papa Tulssa.

Imaginant la douleur sourde ressentie par Elias, Mama Tulssa s'approcha de lui et caressa ses cheveux ainsi qu'elle l'avait toujours fait pour l'apaiser quand il était enfant. Sa main tremblait un peu. Papa Tulssa se dirigea vers la cheminée et prit une boîte cabossée posée sur le manteau. Il crocheta le couvercle avec ses doigts, et ses ongles crissèrent sur le métal, puis il sortit un papier, le déplia et le tendit au garçon. Mama Tulssa se recula. Il s'agissait de l'acte de propriété de la ferme, au bas duquel les parents d'Elias avaient apposé leurs signatures, devenues presque illisibles. Il le parcourut plusieurs fois et replia le papier. On ne pouvait déchiffrer la moindre émotion sur son visage.

– Ton père est mort le premier et ta mère le lendemain. On a tenu parole et tu es devenu… notre fils, même si on était pas du même sang, dit Mama Tulssa avec une boule dans la gorge qui semblait descendre et remonter à la manière d'une bulle de mercure prise de folie dans un thermomètre.

Elias fixait encore le mausolée de papier froissé abritant les ombres de ses parents, puis il avala de la salive avant de parvenir à prononcer des mots dont il était incapable de mesurer la portée.

– Je suppose qu'il y a pas beaucoup d'enfants sur cette terre qui peuvent se vanter d'avoir deux pères et deux mères.

Et il se tut, serrant l'acte de cession dans ses mains et le regardant avec une insistance qui laissait penser qu'il cherchait à percer un mystère dissimulé au-delà des mots inscrits sous les plis ; un message qui aurait traversé les corps de ses parents pour incarner leur présence sur un simple bout de papier, quelque chose de physique. La magie n'était pas assez puissante, ou peut-être n'était-ce pas encore le moment de l'invoquer. Il redonna le papier à Papa Tulssa, comme si ce piètre témoignage du passage sur terre de ses parents devait retourner au plus vite dans son tombeau de fer blanc et que ce n'était pas à lui de l'y remettre. Mama Tulssa lui offrit ses bras. Elias se blottit et Papa Tulssa déploya son envergure de colosse, englobant Elias et sa compagne avec ses deux grosses pattes d'ours, de sorte que chacun se sentit alors une part de l'autre : trois arbres enfoncés dans la même terre, trois cimes dirigées vers le même endroit du ciel, et une qui ne demandait qu'à pousser bien droit.

Les jours suivants, Elias posa de nombreuses questions. Il voulait savoir à quoi ressemblaient ses parents, si on lui connaissait de la famille ailleurs. Les Tulssa ne possédaient pas de photo, ils savaient que les Greenhill venaient de loin, peut-être du Wyoming. Rien n'était sûr. Ni Papa ni Mama Tulssa n'étaient du genre à poser des questions indiscrètes. « Le passé des gens leur appartient, et s'ils t'en parlent pas c'est qu'ils ont une bonne raison de pas le faire, c'est à personne de les y forcer… ce qui compte, c'est ce que les gens sont, pas ce qu'ils ont été… d'autres en discuteraient pendant des jours, mais c'est pas notre façon à nous de voir les choses. »

Elias finit par ne plus poser de question. Il abandonna son cœur à l'amour inconditionnel de ses parents adoptifs. Mesurant sa chance de les avoir. Avec toujours ces mots rassurants qui le ramenaient dans le giron des deux Indiens devenus sa seule famille : « Il t'arrivera jamais rien tant que je serai là. » Papa Tulssa répéta souvent cette phrase, après leur rencontre avec le loup. Plus il vieillissait, plus on décelait une dose d'inquiétude dans sa voix, une hésitation passagère, comme quand on dit une chose à quelqu'un dans l'idée de s'en convaincre avant d'essayer de convaincre l'autre. Quand on n'est pas sûr d'être en mesure de tenir une telle promesse, mais qu'on sait qu'on fera tout pour.

Elias vivait en toute liberté, hormis les journées passées à l'école d'Eden, où il devint un élève brillant et curieux de tout. Lecteur insatiable, il dévorait les livres de la bibliothèque d'Eden, romans et poésie. Il explorait d'autres mondes grâce aux auteurs de toutes origines, se fabriquait ainsi une autre famille, imaginaire celle-là. Elias aimait aussi le travail à la ferme, et les leçons que Papa et Mama Tulssa s'évertuaient à lui apprendre sur les animaux, les plantes et tout ce qu'ils savaient de l'existence, de ses joies, de ses pièges.

Les Tulssa étaient des gens respectés dans la vallée. On connaissait de longue date l'histoire de leurs aïeux Nez-Percés, et d'Eden Cloud. L'arrière-grand-père de Papa Tulssa était le fils de Chef Joseph. Il avait tenu tête aux tuniques bleues lors de la longue marche pour la liberté afin de faire valoir le bon droit de son peuple. Après tout, ce continent tout entier avait appartenu aux Indiens, il n'y avait pas si longtemps, avant que des étrangers se mettent à confisquer leurs terres et à décimer leurs ressources sans demander la permission, avec une avidité sans bornes, des balles en plomb, de nouvelles maladies et une foi brutale. On n'avait rien oublié de ce temps-là, on faisait en sorte de le transmettre, mais l'histoire s'était chargée de brasser le tout, et si on avait dû remonter le lignage de chacune des familles vivant dans le comté d'Eden, on aurait eu un aperçu du patchwork humain qu'était cette population, faite d'Indiens, de Blancs et de Noirs. Un tissu disparate, mais solide comme du fil de fer. *Métissage* était bien le mot qui convenait, à plus d'un titre.

À PARTIR DE SEIZE ANS, Elias prit l'habitude de s'absenter des journées entières à dos de cheval – un Appaloosa nommé Modoc qu'il avait dressé lui-même – lorsqu'on n'avait pas besoin de lui à la ferme. Il parcourait la forêt en récitant les gammes de la nature, avec le solfège enseigné par Papa et Mama Tulssa enfoncé dans son crâne et de quoi manger et boire dans les fontes de sa selle. Il apprenait la terre et l'air, et un feu brûlait en lui.

La ferme était isolée. Certains jours, Papa Tulssa l'emmenait avec lui à Eden, « chez les hommes », comme il disait, pour y acheter des fournitures et un peu d'épicerie, le strict nécessaire, ils s'auto-suffisaient presque en tout. Le voyage en carriole prenait une heure. Papa Tulssa n'avait jamais voulu conduire le vieux pick-up Dodge des Greenhill. Il l'avait entretenu, en faisant régulièrement tourner le moteur, et tout ce qu'il y avait à faire pour que le camion soit en état de rouler le jour où Elias aurait l'âge de l'utiliser. Ce moment était venu. Elias avait pris le relais, c'était lui désormais qui démarrait le moteur.

Elias adorait ces voyages en carriole avec Papa Tulssa, ils se retrouvaient entre hommes. Le roulis sur le chemin de halage, avant de rejoindre la route, berçait leurs longues conversations. Il se souvenait d'une en particulier. Il allait avoir dix-huit ans. L'Indien conduisait l'attelage, regardant droit devant, tenant les guides à la manière d'un sourcier, puis il les tira un peu en arrière et les chevaux ralentirent l'allure. Il ne se détourna pas pour parler à Elias. Avec cette habitude de laisser retomber les brides sur le dos des chevaux et de balancer des mots, l'air de rien :

– Un de ces jours, faudra que t'ailles chez eux.

– Chez qui ?

Papa Tulssa jeta le menton en avant.

– Les hommes, la ville, je veux dire.

– C'est ce qu'on fait, il me semble, et puis je vais à l'école.

– Vraiment y aller et… y rester, tu comprends ?

Elias bascula son visage vers Papa Tulssa, un profond désarroi flottait dans ses yeux.

– Pourquoi je devrais y rester, vous voulez plus de moi ?

– Bien sûr que si, c'est pas le problème… et puis je te rappelle qu'Eden Creek, c'est chez toi, mais quand on sera plus là, et même avant, il faudra bien que tu voies autre chose de la vie. Le monde bouge tellement vite. Tu auras besoin de faire des études.

– Je veux pas faire plus d'études, elle me convient à moi, cette vie, dit sèchement Elias.

– Pour l'instant, mais un jour, elle te suffira plus et ce sera une chose normale.

– Je suis heureux ici. C'est tout ce qui compte.

– J'en doute pas.

– Qu'est-ce qu'un homme peut demander de plus, alors ?

Papa Tulssa retira son chapeau et chassa une nuée de petites mouches noires qui tourbillonnaient autour d'eux, puis il se recoiffa et prit une longue inspiration, avant de répondre à la question.

– C'est peut-être que t'es pas encore tout à fait un homme, fils, pour penser comme tu penses.

– Je te rappelle que je suis presque majeur.

– C'est vrai, ma foi, que tu grandis et que Mama et moi on s'en rend pas forcément compte. Quelque chose t'appellera un jour et t'y pourras rien.

– Tu parles comme quelqu'un qui sait l'avenir.

– Sans doute parce que j'en sais un peu plus que toi.

– Pourquoi vous êtes restés vivre à Eden Creek, Mama et toi ?

– Certainement qu'à un moment donné on s'est trouvé des raisons de pas vouloir plus que ce qu'on avait.

– Et à moi, ça me suffirait pas ?

– C'est pas ici que tu risques de rencontrer une Mama Tulssa… une qui te conviendrait, je veux dire.

– J'en ai rien à faire de ce que tu veux dire, ajouta Elias en balayant d'une main l'air devant lui.

Papa Tulssa prit un temps, s'efforçant de garder son sérieux pour ne pas laisser le sourire qui lui venait redessiner les contours de sa bouche.

– Si t'en as si rien à faire que ça, pourquoi tu as proposé à la fille Hobson de faire un tour de cheval la dernière fois qu'on est allés à l'épicerie ?

Le sourire s'épanouit sur la face cuivrée. Le jeune homme rougit.

– Tu nous as écoutés ?

– Elle est drôlement jolie.

– J'en sais rien…

– Vous l'avez fait, ce tour à cheval ?

– Non.

L'Indien hocha la tête.

– Vous le ferez.

Sur ces mots, Papa Tulssa fit claquer sa langue sur le dessus de son palais, plus pour avoir le dernier mot que pour faire accélérer la paire de chevaux.

QUATRE JOURS APRÈS la conversation qu'Elias avait eue avec Papa Tulssa sur la route d'Eden, il chevauchait avec Elisa Hobson, au milieu des lèches, non loin de l'Eden River. Elle portait un pantalon noir de cavalière, des bottes de cuir souple et une chemise d'homme de couleur blanche qui révélait sa féminité quand elle traversait un contre-jour. Ses longs cheveux étaient attachés avec un ruban de soie pourpre et formaient deux rideaux noirs sur son front. Elias jetait parfois un coup d'œil sur le côté pour accrocher le profil gracieux de la jeune fille à la potence de son désir, se disant que la beauté humaine avait désormais un nom, un prénom – ses yeux étaient capables de l'emprisonner dans un seul regard – et que c'était suffisant à cet instant précis.

Elisa montait une jument noire dont la robe luisait dans les trouées du feuillage. Les chevaux avançaient jambe contre jambe, ils auraient pu se prendre la main s'il n'y avait eu cette gêne délicieuse entre eux, comme une guimauve dans laquelle personne ne voulait mordre en premier, prolongeant ainsi le plaisir de l'attente. De temps à autre, ils s'émerveillaient devant la fuite d'un cerf, ou toute autre manifestation de la nature. Elisa engagea la conversation la première.

– C'est étrange, nos deux prénoms.

– Qu'est-ce que tu trouves étrange ?

– Elias, c'est Elisa dans le désordre, c'est peut-être un signe…

– Un signe de quoi ?

La jeune fille se pencha en avant pour flatter la jument, se redressa et dit :

– Qu'on était faits pour se rencontrer.

– Mama Tulssa dit toujours qu'il faut être attentif aux signes.

– Tu penses qu'elle a raison ?

Elias se tourna vers Elisa qui le regardait en souriant.

– C'est pas moi qui irais la contredire, dit-il.

– Et si je te lançais un défi, tu serais prêt à le relever ?

– Ça dépend.

– Celui qui arrive le dernier au bord de l'Eden River a un gage.

– Quel gage ?

– Réfléchis au tien si tu gagnes, moi, je sais…

Sans attendre sa réponse, elle piqua des deux et poussa la monture sous les taillis. Dans un premier temps, Elias la suivit. Il jouissait du spectacle lorsqu'elle se dressait sur les étriers, légère comme un souffle. Lui qui connaissait la forêt mieux que sa poche rattrapa la jeune fille et la dépassa. Si seulement il avait eu un peu moins de fierté, il aurait fait en sorte de perdre le pari, mais ce fut son cheval qui posa le premier les sabots sur les mousses de la berge parsemées de jacinthes d'eau. Elisa le rejoignit peu après, droite sur la selle. Elle tira sur la bride et guida la jument autour d'Elias, puis elle se rassit et s'immobilisa face à lui, une main appuyée sur le pommeau et l'autre sur la crinière. Elle demanda sur un ton ferme quel gage Elias lui donnait. Il répondit en bredouillant qu'il devait y réfléchir encore et elle sembla déçue qu'il ne perçoive pas qu'elle n'en attendait qu'un seul. Il pensait que le temps était pour eux, elle aurait aimé qu'il n'en fût rien.

C'ÉTAIT VRAI QU'IL N'ÉTAIT JAMAIS RIEN ARRIVÉ à Elias du temps où Papa Tulssa veillait sur lui. Jusqu'à ce que l'Indien entreprenne de tronçonner un acacia foudroyé qui menaçait de tomber sur la grange en cas de coup de vent. L'Indien avait l'habitude de cet exercice et l'arbre ne l'impressionnait pas vraiment. Par prudence, il aurait dû vérifier l'impact de la foudre qui avait agi comme un coin enfoncé par le haut et oublié là. Le moteur de la tronçonneuse se mit à rugir et la chaîne entama le bois pour pratiquer l'entaille réglementaire, mais lorsqu'elle atteignit les fibres latérales par lesquelles l'arbre tenait debout, le tronc se partagea par le milieu, telle une mariée s'offrant le soir de ses noces.

Mama Tulssa entendit un cri déchirant. Elle se précipita derrière la grange et découvrit son homme, une écharde aussi grosse qu'un bras enfoncée dans le sternum d'où s'écoulait un sang noir et épais. Elias, qui s'occupait des chevaux, arriva aussitôt. Il vit des bulles rosées s'échapper de la bouche de Papa Tulssa, puis éclater au contact de l'air. Mama Tulssa avait déchiré le tissu de sa robe et appuyait sur la blessure pour colmater l'hémorragie. L'Indien montra du doigt la tronçonneuse qui tournait encore au ralenti.

– Éteins-là, fils.

– Tu crois que tu peux bouger pour qu'on t'emmène chez le docteur ?

– J'en sais rien, si j'en suis capable.

Elias et l'Indienne tentèrent de le redresser. Papa Tulssa poussa un cri de douleur et leur ordonna d'arrêter. Ils le rassirent doucement.

– Je crois que c'était pas une bonne idée, parvint-il à dire au bout d'un moment en grimaçant, puis il avala du sang.

Mama Tulssa déchira un nouveau pan de tissu et fit pression avec son poing.

– File chercher le docteur, dépêche-toi ! dit-elle.

Elias courut jusqu'à la ferme, démarra le Dodge et descendit à Eden. Le docteur Falls laissa en plan le patient qu'il auscultait, attrapa sa sacoche et suivit Elias. Quand ils arrivèrent à la ferme, ils découvrirent Mama Tulssa occupée à caresser le front de son homme tout en psalmodiant une oraison dans une langue ancienne. Le médecin ne put que constater que Papa Tulssa n'était plus de ce monde et que son cadavre gisait là, au pied d'un arbre mort. Une pierre tombale sculptée dans le squelette d'une baleine. Ils enveloppèrent le corps dans une bâche de chantier, le ramenèrent à la maison et le déposèrent sur le lit qui avait été le sien et qui finirait par se creuser en son centre du poids d'un seul corps pendant les quatre années qui suivraient.

– Vous voulez que je vous envoie quelqu'un pour… le préparer ? demanda Falls.

Mama Tulssa posa un regard résolu sur le médecin.

– Non, merci, docteur, c'est à moi seule de faire ça, dit-elle.

Mama Tulssa demanda ce qu'elle lui devait pour le dérangement, mais le médecin ne voulut pas d'argent et il repartit après avoir signé l'acte de décès.

Elias et Mama Tulssa pleurèrent, d'abord ensemble en veillant le cadavre, puis chacun aiguilla sa peine vers un lieu singulier, selon ses propres souvenirs. Le shérif Botica tint à creuser lui-même la fosse, car il était l'ami de Papa Tulssa, de très longue date.

Après l'inhumation, Mama Tulssa ne cessa jamais de prier, dans sa tête, oubliant les gestes du quotidien, des gestes qu'elle faisait par pur réflexe. Elias décelait parfois une infinie tristesse qui l'envahissait quand elle disposait machinalement trois assiettes sur la table et qu'elle en retirait une juste après, presque dans un même mouvement, s'excusant auprès de celui qui n'était pas là. Ce que son corps se refusait encore à admettre. Ce que son cœur se refuserait toujours à admettre. Ce que sa mémoire infaillible lui rappelait. Par bonheur, il y avait Elias, qu'elle aimait tant. L'esprit de Papa Tulssa veillait sur eux, les observait depuis la cime du ciel. Elle était certaine qu'elle le rejoindrait prochainement pour ne plus jamais le quitter.

Si l'on considère la vie d'un homme depuis la naissance jusqu'à la mort comme une forme tangible du destin, alors ce destin venait de rompre les amarres de la vie terrestre de Mama Tulssa. Elle dérivait, gardant un œil sur Elias, au début. Malgré ses efforts, elle n'était pas de taille à résister à l'appel, abandonnant peu à peu ses forces. De la graine de pissenlit dans le vent. Elias s'occupait seul de la ferme. Son devoir était aussi de veiller sur Mama Tulssa, un juste retour des choses. Rien d'autre ne comptait plus.

Il croisa Elisa Hobson plusieurs fois en ville, et ne lui adressa même pas la parole. Elle laissa passer du temps, pensant que la douleur engendrée par la disparition de son père s'atténuerait et qu'ils pourraient poursuivre d'une autre manière cette folle course dans les taillis. Un jour, enfin, elle proposa une balade à Elias, un rendez-vous. Gêné, il prétexta qu'il avait beaucoup à faire. Une prochaine fois sûrement. Elle revint à la charge, s'obstina encore quelques semaines, puis, devant l'absence d'intérêt du jeune homme, finit par se lasser. Les prétendants ne manquaient pas, et non des moindres. Un an après avoir attendu en vain ce deuxième rendez-vous, Elisa Hobson épousa Caryl Drumm. Le fils de Robert et Judith Drumm. Leur famille possédait la scierie d'Eden, un immense ranch, des terres, la majeure partie du domaine forestier du comté, des maisons et quantité de dollars à la banque.

La noce fut l'événement de cette année-là dans la vallée. Le soir du mariage, Elias s'en alla observer le ranch des Drumm depuis la colline, assis sur le dos de Modoc. Il entendait la musique festive et apercevait des silhouettes en train de danser sous les lampions, d'autres attablées. Il demeura à distance pour n'identifier personne et ne pas être tenté de descendre donner le fameux gage à cette fille. Il était trop tard.

Elias rentrait de la pêche ; il déposa sur l'évier deux truites arc-en-ciel qu'il venait de prendre dans l'Eden River, au-dessous de Digger Ridge, là où des chercheurs d'or s'étaient échinés à creuser pour trouver le métal précieux. Il jeta un coup d'œil en direction de la chambre de Mama Tulssa. La porte était ouverte, l'Indienne se reposait. Après qu'il eut enfoncé la lame de son couteau dans l'anus de chacun des poissons, découpé leur ventre jusqu'aux ouïes et vidé les entrailles sur une feuille du *Lincoln Herald*, il leva les filets et les rinça à l'eau claire, faisant disparaître les dernières macules de sang dans le siphon de l'évier. Il se lava les mains, insistant avec ses ongles pour éliminer les écailles argentées qui ressemblaient à des fragments de mosaïque incrustés dans sa peau. Ce fut à cet instant qu'il entendit monter la voix de Mama Tulssa depuis son lit, d'abord imperceptiblement. Elle parlait dans un souffle, on aurait dit que tout son être allait s'effondrer à chaque syllabe.

Elias se retourna vers la chambre et, sans qu'il sache encore pourquoi, il eut le sentiment que ce n'était pas la voix de Mama Tulssa qui lui parvenait, mais celle de quelqu'un qu'il ne connaissait pas.

– Approche, mon petit, approche.

Elias marcha jusqu'à la porte et s'arrêta dans l'embrasure. Mama Tulssa décolla à peine la main plaquée sur le drap et ramena plusieurs fois de suite ses doigts vers elle. On aurait dit qu'elle voulait se débarrasser d'un papier collant.

– Plus près, dit-elle.

Elias s'assit au bord du lit, bénissant le ciel que la pénombre fût suffisamment profonde pour ne pas trahir l'émotion qui le gagnait.

– Donne ta main, j'ai une chose importante à te dire… Je suis pas sûre d'être capable de répéter.

Elias tendit la main, et l'Indienne se mit à la caresser, le temps qu'elle rassemble ses idées pour enfin être en mesure de raconter cette histoire qui avait trop longtemps rongé son cœur. Quand il y eut assez de force en elle, elle serra la main d'Elias pour l'immobiliser dans sa paume. Et elle dit :

– Les anciens de la tribu avaient l'habitude de comparer le passé à un oiseau qui volerait contre le vent… un mouvement contre nature que tout homme croit pouvoir changer en le recouvrant de présent.

Sa voix s'étrangla en bout de phrase.

– Tu es trop fatiguée, repose-toi. Tu me parleras plus tard.

– M'interromps pas… s'il te plaît.

Elias ne dit plus rien, surpris par l'injonction de Mama Tulssa dont la voix ne tremblait plus du tout.

– Tes parents, ils sont pas morts d'une maladie contagieuse. Ils étaient bien vivants quand on les a vus pour la dernière fois. Ils t'ont laissé en toute confiance, ils avaient des affaires à régler dans leur pays. Je sais pas pourquoi ils t'ont pas emmené avec eux, probable qu'ils voulaient pas t'infliger un aussi long voyage à ton jeune âge. Ils nous ont assuré qu'ils seraient vite de retour…

Mama Tulssa s'interrompit une première fois pour reprendre son souffle.

– Tu peux être sûr qu'ils t'aimaient. Personne aurait pu croire qu'ils reviendraient pas te chercher, tellement ça leur fendait le cœur de te laisser. Ça crevait les yeux qu'ils jouaient pas la comédie. S'ils sont pas revenus, c'est qu'il s'est passé des événements. Des événements assez graves pour qu'on abandonne l'idée de voir grandir son propre enfant. On savait pas quoi faire, Papa et moi. On a pensé qu'ils avaient des problèmes avec la justice, qu'ils étaient peut-être en prison, et que si on te signalait on risquait de t'enlever à nous pour te placer ailleurs. Alors on a attendu, et petit à petit on a compris qu'ils reviendraient jamais. On vivait la peur au ventre que quelqu'un vienne te réclamer, mais c'est pas arrivé.

Mama Tulssa s'interrompit de nouveau, se racla la gorge, puis elle dit :

– Tes parents s'appelaient Charles et Estelle de

Montvert. Greenhill, c'est le nom qu'ils avaient pris ici, à Eden Creek.

Il y eut encore moins de lumière dans la pièce, sans que l'ampoule de la cuisine, dispensant une maigre lueur, défaille. Ce fut dans le regard d'Elias qu'il y en eut moins. Il plissa les yeux comme s'il marchait face au soleil, sauf qu'il ne marchait pas et que le soleil était couché depuis longtemps. Il pensa qu'il aurait dû dire quelque chose, poser une question, mais rien ne put sortir de sa bouche.

– J'ai noté l'adresse qu'ils m'ont donnée… tiens, dit Mama Tulssa en soulevant une main pour laisser apparaître un bout de papier.

Château de La Croix du Loup, Les Cars, France.

– Pourquoi vous m'en avez pas parlé avant ?

– On voulait le faire, mais on repoussait sans cesse le moment. On savait pas comment tu réagirais, on voulait pas te perdre.

– Vous m'auriez pas perdu.

– Y avait quand même un risque et on pouvait pas le prendre… on pouvait pas, tu comprends…

– Et moi, qu'est-ce que je fais de ça, maintenant ?

– Tu vas aller voir le shérif Botica pour obtenir les papiers dont tu auras besoin pour voyager. Je t'ai tout préparé. Nelson est un homme bien, qui sait arranger les choses. C'était un grand ami de Papa, tu le sais. On l'a mis au courant de ton histoire.

– J'irais pas trouver le shérif, Mama. Je veux

même pas en entendre parler, dit Elias en se retenant pour ne pas hausser le ton.

– Bien sûr que si, tu iras.

– C'est quand même moi qui décide !

– C'est vrai, fils, mais je crois que t'as plus le choix, maintenant. Tout le monde a besoin de savoir d'où il vient, c'est ça l'ordre des choses.

– Je viens d'ici.

– En grande partie, oui, mais y a aussi une part de toi qui est là-bas et il faut que tu découvres laquelle.

– Peut-être, mais ils m'ont abandonné. Pourquoi je voudrais savoir ?

– Parce que tu pourras pas vivre sereinement tant que t'auras pas appris ce que sont devenus tes vrais parents. C'est pas possible qu'ils t'aient abandonné sans raison. Même après toutes ces années, j'arrive pas à le croire.

Mama Tulssa hocha la tête sans décoller son crâne de l'oreiller et prit une longue inspiration, puis ajouta :

– Papa et moi, on a fait ce qu'on a pu pour te donner tout l'amour qu'on pouvait, même si on avait conscience qu'on peut pas remplacer des parents, on t'a aimé pareil que si t'avais été le nôtre. Pareil.

– Je sais, Mama. C'est vous ma vraie famille, dit Elias en cherchant le visage fermé de Mama Tulssa.

– Tu nous en veux pas trop, alors ?

– De quoi, de m'avoir aimé comme un fils ?

– Tu peux pas savoir à quel point tu me rends heureuse. Je vais pouvoir partir tranquille.

– Dis pas de bêtises, repose-toi un peu, maintenant.

– Pas avant de t'avoir demandé de faire une dernière chose pour moi.

– Bien sûr, je t'écoute.

– Pars pas avant que j'aie rejoint Papa, s'il te plaît. J'en ai plus pour longtemps, je le sens et je l'accepte.

Elias frotta ses yeux avec la paume de sa main.

– Sois pas triste, fils, moi, je le suis pas.

– Je te promets, Mama, je te promets de rester à tes côtés.

– Alors, tout est bien.

En disant ça, Mama Tulssa savait pourtant qu'Elias était déjà en route. Elle releva le bras et tapota son omoplate.

– Viens-là, ça fait longtemps, dit-elle.

Elias posa sa tête au creux de l'épaule de l'Indienne. Elle inclina la sienne et se mit à caresser les cheveux du jeune homme comme pour le ramener à elle. Il s'était propulsé trop rapidement et trop loin en des territoires inconnus, son ultime rôle était qu'il ne se précipite pas au feu du passé. Il n'avait d'autre choix que de le remonter, mais Mama Tulssa savait que prendre la place qui lui revenait dans ce temps obscur ne se ferait pas sans douleur. Elle était prête à endosser cette responsabilité au moment de mourir.

Il n'y eut pas de larmes versées. La vieille Indienne accentua la pression de sa main sur celle d'Elias. Il bascula le visage en arrière, de sorte que celui de Mama Tulssa surplombait le sien, effilé comme une arête rocheuse. Leurs regards se mélangèrent, puis transpercèrent l'obscurité en implorant des pardons différents.

MAMA TULSSA S'EN ALLA le lendemain de la révélation.

Elias la veilla trois jours durant, le temps que l'esprit de l'Indienne se libère de toute pesanteur, de toutes les forces vives, le temps de lui dire ce qu'il redoutait d'oublier un jour, car même si on cesse de respirer, la vie ne s'en va pas d'un coup, elle laisse encore traîner ses oreilles un moment pour les choses importantes qui n'ont pas été dites. Il enrubanna le corps de Mama Tulssa dans une peau de cerf, qui serait son cercueil, et l'arrima sur la croupe de Modoc, la conduisit au pas jusqu'au cimetière indien. Elias creusa la tombe, à deux pas du cyprès qui offrait son ombre à partir de midi, puisqu'il était interdit d'abandonner un cadavre à ciel ouvert. Une fois rebouché, le trou était si peu profond et la peau de cerf tellement souple que l'on devinait la surface de terre modelée par le visage de Mama Tulssa penché vers celui de son compagnon. Elias prononça quelques mots adressés à ses parents adoptifs et à la terre qui les portait maintenant, puis il retourna à Eden Creek.

Il demeura de longues heures assis sous le porche, essayant de trouver une unité dans le paysage qui lui faisait face depuis toujours et qu'il aurait souhaité découvrir à cet instant pour le croire immuable. Il aurait voulu ressentir un appel profond, que les esprits de Papa et de Mama Tulssa lui viennent en aide, l'immobilisent et le plaquent au sol, le ramènent au regard originel posé sur ce paysage-là. Il apercevait le sentier bordé d'épicéas par lequel une poignée d'Indiens vagabonds, survivants d'un massacre, étaient arrivés dans la vallée voici plus d'un siècle, avec l'espoir de ne plus la quitter. Pour la première fois de sa vie, Elias se sentait étranger à leur marche, à leur grand rêve de liberté. Étranger à ce peuple dont il avait cru faire partie. Étranger à cette terre. Eden Creek ne lui apparaissait pas comme un havre de paix, un écrin d'absolu, mais comme une porte grande ouverte sur une quête qu'il se devait d'entreprendre. Mama Tulssa avait raison. En s'allégeant d'un poids dans ses derniers instants, elle imposait à Elias la vastitude du monde qu'il ne connaissait pas et qu'il avait toujours refusé d'arpenter.

La température chuta en fin de journée. Il rentra pour avoir moins froid, mais ne rencontra qu'un vide plus glacé encore, qu'aucun brasier ne serait en mesure de réchauffer. Cela n'avait plus aucun sens de demeurer seul ici.

Dans les jours qui suivirent, Elias prit la décision de mettre en vente la ferme. Les Drumm se portèrent acquéreurs et nul ne se risqua à surenchérir, nul n'y songea même. Ils avaient l'habitude de ce type de transactions. Robert Drumm, le père, vint avec son fils unique Caryl, qui avait à peu près le même âge qu'Elias. Drumm lança la discussion pour négocier le prix et Elias accepta toutes ses conditions. La déception se lisait sur le visage du patriarche. Il aurait aimé montrer à son fils comment il s'y prenait pour faire plier n'importe qui. Seuls les terres et surtout les arbres intéressaient les Drumm. Elias céda la maison et les bâtiments annexes pour un prix similaire. En cet instant, il était persuadé que personne ne peut habiter un même bonheur par deux fois.

Elias revit Elisa en allant chez les Drumm régler les formalités légales de la vente. Elle était toujours aussi belle. Il se souvenait l'avoir encore follement désirée, avant les révélations de Mama Tulssa. Une vague de lassitude envahit le jeune homme quand elle lui indiqua où trouver son mari et son beau-père, comme si elle parlait à un étranger qu'elle se refusait à regarder dans les yeux, par dédain. La voyant ainsi distante et accordée aux manières et aux richesses des Drumm, il se dit qu'il ne fallait rien regretter. Pourtant, il y eut un silence, et la lèvre de la jeune femme disparut, puis réapparut enduite de salive, un artifice suffisant pour tout remettre en question. Un mouvement succéda au silence et elle s'éloigna, légère et pesante. Elias repensa à cette promesse qu'il n'avait pas eu le courage de lui faire, ce baiser retenu. Elle traversa alors son souvenir, chevauchant à ses côtés dans les taillis, zigzaguant entre les fûts, semblable au loup, et il fut persuadé que cette vision le hanterait toute sa vie, persuadé que plus jamais il ne prendrait le temps à la légère, pas plus le regard d'un loup que le sourire d'une femme.

ELIAS SE RENDIT CHEZ LE SHÉRIF BOTICA tel que le lui avait suggéré Mama Tulssa. C'était un grand type costaud qui vivait seul dans un chalet isolé planté au sud-est d'Eden. Sa peau cuivrée ne laissait planer aucun doute quant à ses origines indiennes. Botica et Papa Tulssa partaient souvent marcher dans les bois. Ils devaient beaucoup se parler lors de ces promenades, car, une fois installés sous le porche, une bière ou une tasse de café à la main, ils ne disaient plus rien, fixant en silence un même point au loin. On aurait dit qu'ils se concentraient tous les deux pour soulever mentalement la poussière afin qu'elle recouvre les traces de leurs ancêtres sur le chemin de halage, de peur que des soldats surgissent du néant. Ils ressemblaient alors à deux arbres indéracinables et formaient une véritable forêt à eux seuls. Après la mort de son ami, Botica rendit régulièrement visite à Mama Tulssa, mais il n'allait plus en forêt, et pour le reste il doubla ses efforts pour continuer de faire s'élever la poussière du chemin.

Botica ne quittait jamais son chapeau taché de marques de sueur, dissimulant en partie une vilaine cicatrice qui lui barrait le front sur une dizaine de centimètres, souvenir d'une rencontre avec des contrebandiers d'alcool quelque part dans les montagnes, en d'autres temps. Il offrit une tasse de café froid à Elias.

Elias expliqua au shérif qu'il devait se rendre en France et qu'il avait besoin d'un passeport. Il lui tendit une enveloppe contenant tous les renseignements nécessaires, ainsi que des photos d'identité. Botica détailla le tout, puis dit qu'il aurait ce qu'il faut dans une vingtaine de jours. Il ne posa aucune question. Elias pensait que Papa Tulssa lui avait parlé de ses origines, mais il n'en était pas certain. « On l'a mis un peu au courant de ton histoire », avait confié Mama Tulssa. Elias termina son café et posa la tasse sur la rambarde. Botica se resservit. Elias le salua et il s'était éloigné de quelques pas lorsque Botica le rappela en soulevant la tasse vide.

– T'en veux peut-être un autre ?

Elias crut entendre la voix de Papa Tulssa. Il se retourna, le soleil dans les yeux.

– Non merci, j'ai encore beaucoup de choses à régler, dit-il, troublé.

– Comme tu veux, à bientôt, alors.

La date venue, Elias retrouva Botica sous le porche. Sans même demander, le shérif sortit deux bières de la glacière et en tendit une à Elias, puis il entra dans la maison et revint avec un passeport, un stylo et une carte froissée du Montana. Il ouvrit le passeport à la page de la photo.

– Faut que tu signes là, dit-il en montrant l'endroit avec son pouce.

Elias signa, remercia Botica et rangea le document dans la poche intérieure de sa veste.

– T'as une idée de comment tu vas t'y prendre, fiston ?

– À peu près.

– À peu près, répéta Botica en balançant la tête.

Il déplia la carte sur la glacière, il avait tracé au feutre un itinéraire.

– Bon, voilà, il va falloir que tu ailles jusqu'à Helena, c'est là que se trouve l'aéroport le plus proche.

– D'accord.

– Je pourrai t'y emmener si tu veux.

– C'est pas la peine, je me débrouillerai avec le Dodge.

– Comme tu voudras. À l'entrée de la ville, des panneaux t'indiqueront l'aéroport. Suis-les et gare-toi à l'intérieur, sinon tu risques de pas retrouver ton camion en revenant.

Botica s'interrompit, il fixait Elias.

– Tu comptes bien revenir ?

– Je sais pas ce que je vais trouver, shérif.

– Après tout, c'est toi seul que ça regarde… Une fois à Helena, tu prends un vol pour New York et ensuite un autre pour Paris. Après, j'imagine que tu as une adresse, quelqu'un à contacter sur place.

Pendant qu'ils buvaient leur bière, Botica recommanda à Elias de faire attention à lui. Il replia la carte et la donna au jeune homme, ajoutant que Papa et Mama Tulssa veillaient encore sur sa personne, d'une autre manière. Il devait rester fidèle à leurs apprentissages. Ce qu'il entreprenait n'allait pas être une partie de plaisir, il n'avait jamais quitté cette vallée et le monde allait partout ailleurs plus vite qu'ici. Ce serait une agression pour quelqu'un comme lui.

– Fiston !

– Quoi ?

– Quand tu reviens, si jamais tu reviens, laisse shérif de côté et appelle-moi Nelson.

– D'accord, j'essaierai.

Tandis qu'il s'éloignait, il sentit le regard de Botica peser sur ses épaules et diffuser une onde de force dans son corps, atténuant un peu cette peur de l'inconnu. Elias savait qu'il n'avait d'autre choix que de remiser son existence passée et d'aller creuser la terre d'un autre pays. Bien sûr il s'était posé la question du retour, mais tout abandonner était la seule option viable à ses yeux, et ça ne signifiait pas qu'il ne reviendrait pas.

En rentrant à la ferme, il fit une longue promenade sur le dos de Modoc. Ce cheval pommelé lui avait souvent fait oublier les carences de son existence, il l'apaisait le temps d'une balade. Il savait que plus tard il lui serait aisé de soulever les pierres de sa mémoire afin de libérer un souvenir quand l'envie lui prendrait, mais le souvenir d'une chevauchée était loin de représenter une véritable chevauchée à bride abattue. Aucun rêve ne pourrait lui offrir la beauté nue du monde dans un même élan.

Elias se rendit au cimetière indien et posa ses mains à plat sur les tombes de Papa et de Mama Tulssa en leur promettant qu'il les porterait à jamais dans son cœur, où qu'il aille, où qu'il demeure. Il fit ensuite un détour par le ranch Drumm pour récupérer le fruit de la vente de la ferme. Robert avait préparé des espèces. Elias ne possédait pas de carte de crédit, il ne recompta pas. Malgré tous les défauts de Drumm, Elias connaissait son amour des chevaux, probablement sa seule corde sensible. Il demanda s'il pouvait laisser Modoc en pension au ranch, ajouta qu'il paierait ce qu'il fallait, de ne surtout pas le vendre. Drumm n'hésita pas une seconde, admirant le bel Appaloosa. Il répondit à Elias de garder son argent pour l'instant, qu'un cheval de plus ou de moins à l'écurie ne faisait pas de différence. Elias dit au revoir à Modoc, regrettant de ne pouvoir l'emmener. Il ne remarqua pas Elisa qui l'observait derrière une fenêtre du salon. Robert Drumm saisit la bride et conduisit le cheval à l'écurie comme s'il était le sien.

Une fois de retour à Eden Creek, Elias jeta le minimum d'affaires dans un sac, pensant alléger la douleur du départ. Il répartit l'argent dans chacune de ses poches et en plusieurs endroits du sac. Il ressentait une inconfortable sensation, celle de n'avoir à dire adieu à personne. Les siens, ici, étaient morts. Avant de monter dans le Dodge, il leva une dernière fois les yeux vers les montagnes silencieuses. Un aigle royal planait au-dessus des pins, l'oiseau égraina quelques cris, semblables à des relais d'éternité dans un ciel sans nuages. Elias quittait ce paradis du temps où il était Elias Greenhill et qu'il existait dans chaque regard aimant et chaque geste attentif de Papa et de Mama Tulssa.

« Un homme, c'est fait pour marcher en avant, fils, à son rythme, pas pour reculer… c'est fait pour ça, un homme. »

Ils arrivèrent du nord, vomis l'un après l'autre par la brume épaisse, et l'on pouvait distinguer pour la première fois l'ensemble du groupe.

Ils empruntèrent une saignée formée à coups d'éboulis répétés. La neige avait fondu et un soleil blafard enkystait le ciel entre deux montagnes. Un couple de vautours dansait autour d'un pic rocheux, leurs vastes ailes frangées égayées par le vent d'altitude.

Les cavaliers éclaireurs descendirent de leur monture et se mirent à marcher prudemment, serrant la bride dans leur poing, scrutant le sol accidenté, la roche concassée sur laquelle les chevaux hésitaient à poser leurs sabots. Il n'y avait pas le moindre bruit dans la colonne constituée d'une trentaine d'hommes, de femmes et d'enfants ; ceux qui allaient à pied se tenaient l'un derrière l'autre, portant d'énormes ballots, ou des enfants sur leurs épaules, et rien pour les plus faibles. Des tipis démontés et des coffres recouverts de peaux, qui devaient contenir la mémoire d'un peuple, étaient fixés sur des travois faits en bois de pin blanc. Celui qui les aurait observés depuis l'un des versants opposés aurait à peine perçu le mouvement de la colonne, car il fallait une attention de chaque instant pour en déceler l'ondulation. Ils marchaient depuis sept jours.

Malgré la fatigue, l'homme qui se tenait en tête du convoi avait grande prestance. Il portait un collier blanc fait de quatorze rangées de pierres extraites de la Lostine River, un affluent de la Wallowa River. Depuis la naissance et jusqu'à la mort de son regard, ce n'était que doute et inquiétude, mais il demeurait impassible. Il se retournait souvent pour observer les survivants, un ramassis de va-nu-pieds qui avaient placé toute leur confiance en lui.

Un cri se fit entendre à l'arrière du groupe, sans que l'on sache qui l'avait poussé, bientôt suivi d'autres cris, tout aussi perçants, qui saupoudrèrent l'air ensorcelé. Un ballot dégringola de la pente en prenant de la vitesse, déquillant quelques corps au passage. Tous ne se relevèrent pas. Puis ce fut au tour d'une femme épuisée de se laisser aller à la chute. La colère qui l'avait portée jusque-là avait été rongée par la douleur de ne jamais revoir son fils, tué d'une balle dans la tête. Son corps ploya. Black Bird se précipita pour retenir sa compagne, mais la tunique glissa entre ses doigts, et il s'agenouilla, assistant au spectacle. La mort saisit Wild Grass trente mètres plus bas, lorsque sa tête heurta une arête calcaire. L'os temporal éclata comme une coquille d'œuf frappée par le bec d'un gypaète. Quand le silence revint, chacun chercha dans le regard de l'autre ce qu'ils avaient fait pour mériter un tel sort et nul ne possédait la réponse.

LA CROIX DU LOUP

Elias ferma la porte et glissa la clé dans une anfractuosité au-dessus du chambranle. Il gorgea une dernière fois ses yeux de forêt avant de monter dans le pick-up. Il démarra, déplia la carte de Botica sur le volant, l'étudia pendant que le moteur chauffait, puis la déposa sur son sac et enclencha la première. Il n'était plus triste de quitter Eden Creek, trop accaparé par l'inconnu et par une peur nouvelle, celle de ne rien découvrir, de revenir avec les mêmes questions et d'inventer des réponses qui ne le satisferaient jamais, des hypothèses échafaudées pourtant, afin de tenir debout.

Il traversa la vallée au milieu de la brume, dans la cabine bruyante emplie d'effluves de gasoil. Parfois, un poids lourd surgissait, tous feux allumés, bousculant l'air à son passage, et s'évanouissait, escorté un temps par deux petites lumières rouges qui s'éteignaient lentement, comme des braises. Le brouillard s'effilocha peu à peu. Elias déboucha dans une vallée illuminée de champs de colza en fleur.

Il longea d'immenses propriétés, il apercevait au loin des ranchs que l'on rejoignait par des chemins poussiéreux. À chaque mètre parcouru au volant du Dodge, Elias avait la sensation d'explorer une civilisation inconnue à la manière d'une truite quittant la rivière pour pénétrer les eaux d'un étang, profitant de l'estuaire pour que le choc soit moins violent. Atténuer le manque. Il songea un instant à faire demi-tour. Les ranchs se firent moins nombreux au profit de simples maisons et de quelques hangars esseulés, puis une banlieue apparut, faite de blocs de béton. Certes, Elias était déjà allé en bus à Lincoln avec Papa Tulssa, mais jamais dans une ville aussi grande qu'Helena. Il emprunta le périphérique en direction de l'aéroport, dominant cette ville qu'il n'aurait pas à traverser. Malgré la carte, il se trompa à deux reprises et fit un détour pour demander son chemin.

Des avions décollaient et d'autres atterrissaient à quelques centaines de mètres du camion dans un terrible fracas. Jamais il n'en avait vu d'aussi près. Il les trouva laids et bien trop bruyants, comparés à l'aigle qui l'avait salué au-dessus d'Eden Creek quelques heures auparavant. Il suivit les panneaux indiquant le parking. Arrivé devant une barrière, il appuya sur un bouton pour faire surgir un ticket et la barrière se releva. Il se gara à cheval sur deux places. Un type en uniforme de gardien se baladait entre les véhicules et s'approcha. Elias voulut savoir comment on payait. Le règlement se faisait au retour, une place coûtait dix dollars par jour et quarante pour une semaine complète. Elias ne savait pas vraiment combien de temps il serait parti, probablement plus d'une semaine.

Dans l'enceinte grouillante de l'aéroport, il lui sembla que l'air se raréfiait encore un peu plus. On le bousculait et il ne bougeait pas d'un pouce. Les regards appuyés des gens ne l'aidaient guère à se sentir mieux. Il était visiblement ce péquenot descendu de sa montagne, un genre d'Indien hirsute en jean usé et veste de chasse, avec des cheveux bruns et raides tombant sur ses épaules, et son mètre quatre-vingt-cinq perché sur une paire de bottes éculées. Pour certains, il apparaissait peut-être comme un chaman venu faire une révélation aux hommes. Pourtant, ce qui était sûr, c'était qu'il n'avait rien à dire à ces gens pressés, rien à donner, et rien à annoncer à la face du monde.

ELIAS SE RETRANCHA vers une zone moins encombrée, tout près d'une baie translucide du hall. Il se concentra, fixant le ciel métallique au travers de la vitre, cherchant une explication satisfaisante à sa présence ici. Et il vit des montagnes rabotées, pas un arbre, pas un animal sauvage, uniquement des productions humaines, rien qui appartienne à son univers. Il ferma les yeux, imagina un horizon lointain, et cet horizon était une source, l'origine de quelque chose qui n'était pas simplement de l'eau, mais toutes les tentatives de la nature d'accueillir la vie et de la faire grandir. Elias se dit alors que la puissance des souvenirs était bien supérieure aux accointances de son regard pour le réel. Ce serait probablement la seule chose qui parviendrait à le sauver en terre étrangère.

Des annonces répétées faites au micro le sortirent de sa rêverie. Il traversa le hall gigantesque dans un sens et dans l'autre afin de se repérer. Il fit changer cinq mille dollars en euros à un guichet derrière lequel le type sembla impressionné que quelqu'un comme lui possède autant d'argent. Dieu sait ce qu'il imaginait. Elias se renseigna ensuite sur les vols pour New York. Une jeune femme souriante lui indiqua qu'il n'y avait pas de vol direct et qu'il lui faudrait faire une escale à Denver. Elias demanda la marche à suivre pour monter dans un avion, avouant que c'était sa première fois. Elle hésita un court instant, pensant qu'il se moquait d'elle, le détailla de la tête aux pieds. Il attendit son embarquement, prévu à 16 heures, en buvant plusieurs bières au comptoir. Le sac coincé entre ses bottes, il observait les voyageurs qui attendaient et se levaient parfois lorsqu'un micro donnait des indications, certains se précipitaient même, traînant leurs valises à roulettes comme des chiens en laisse. Quand son vol fut annoncé, il se dirigea vers la zone d'embarquement. Ainsi que la fille lui avait expliqué, il déposa sa veste dans un panier sur le rail, avec sa ceinture et ses bottes, puis le sac. Une sonnerie retentit, un agent de sécurité l'appela et lui montra une radiographie de sa veste sur un écran. On distinguait nettement des pièces de monnaie et surtout le Buck Special glissé dans son étui en cuir. Elias confia à l'agent que le couteau était un cadeau de son père, mais l'autre ne voulut rien entendre et le confisqua. Il demanda s'il pourrait le récupérer à son retour et l'homme lui répondit que ce ne serait pas possible. Il serra les poings.

Elias embarqua, rongé par sa grande perte. Il ne

ressentit aucun effet du décollage. Le vol jusqu'à Denver dura deux heures. Une fois arrivé, il trouva une place dans un avion qui partait pour New York le lendemain matin à 10h20. Il acheta un hamburger et une bière, et s'assoupit dans un fauteuil du hall, une main sur la poche qui avait porté le couteau, son sac serré entre les bras.

À 9h50, il monta à bord d'un Boeing d'American Airlines et s'installa contre un hublot. Le vol dura un peu moins de quatre heures dans un ciel dépourvu d'espace et empli de nuages cotonneux. Régulièrement assailli de crampes, il se levait alors pour délasser ses jambes. Il retrouva un ciel clair à l'approche de la terre. En survolant l'aéroport JFK, Elias pensa avoir changé de dimension, être passé dans un autre monde, qu'on lui avait retiré le sien, petit à petit. Ce fut à cet instant précis qu'il comprit qu'il faudrait se battre. Contre qui, contre quoi, il n'en avait pas la moindre idée. Il n'avait plus le choix.

Une fois descendu de l'avion, il prit un nouveau billet pour Roissy-Charles-de-Gaulle à Paris. Au kiosque, il acheta une méthode anglais-français et se mit à la potasser en attendant l'embarquement. Il voyagea de nuit. Sa voisine de droite, une femme entre deux âges, lui demanda pourquoi il allait en France. Il répondit qu'il rejoignait ses parents. Elias ne lui posa pas de question, mais elle lui expliqua tout de même la raison pour laquelle elle se rendait à Paris et il n'écouta pas ce qu'elle avait besoin de raconter à un inconnu. Il ferma les yeux au milieu des confidences et la femme s'arrêta de parler, contrariée de ne pouvoir se répandre davantage. Elias ne ferma pas l'œil durant les sept heures de vol, laissant le soleil se coucher derrière une montagne et l'ombre envahir une vallée, quelque part sous ses paupières closes.

Arrivé à Roissy, il se renseigna pour savoir s'il y avait un vol pour L. et on lui répondit que non, pas aujourd'hui, qu'il valait mieux rejoindre la gare d'Austerlitz et prendre un train. Il pouvait s'y rendre en RER ou en taxi. En sortant de l'aéroport, il se dirigea vers l'arrêt de taxi, et monta dans une voiture. Le chauffeur ne décrocha pas un mot, Elias lui en sut gré. Le train partant deux heures plus tard, il se plongea de nouveau dans la méthode anglais-français, assis sur le rebord en béton, au bout du quai n° 7.

Quinze minutes avant le départ, il grimpa à bord d'un wagon et prit place sur un siège au tissu taché. Il n'y avait personne à côté de lui. Le train traversa des plaines peu étendues, au regard de celles qu'il avait parcourues dans son pays, où on avait récolté des céréales, où poussaient des prairies et des forêts. Il parvint à somnoler un peu et se réveilla plus fatigué encore. Après quatre arrêts dans de petites gares, il arriva enfin à L. Il faisait nuit et il pleuvait. À l'accueil, Elias déplia le papier de Mama Tulssa sur le comptoir vitré, indiquant l'adresse de La Croix du Loup. Un type sympathique pianota sur son clavier d'ordinateur, puis s'exprima en mélangeant quelques mots d'anglais à son français. Elias demanda des explications en utilisant le peu de français appris dans la petite méthode de poche. Il devrait attendre le lendemain matin pour se rendre à La Croix du Loup. Il était épuisé. Il avait besoin de dormir. Le type lui indiqua un hôtel tout proche. Il était 19 h 10 à la pendule de la gare et on était le 12 octobre.

Des coulées de lumière saignaient jusqu'au sol granité, éclairant timidement le dôme vitré de la gare cinglé par l'averse. Elias n'en avait jamais vu d'aussi belles. Il fut pris d'un vertige en levant les yeux. S'arrêta un instant. La tension retombait, il se sentait perdu. Il était venu ici par choix, mais jusque-là le mouvement l'avait maintenu dans un état hypnotique, l'énergie habitant son corps l'avait soustrait à la quasi-totalité de ce qui l'entourait. Depuis son départ d'Eden Creek, les gens qu'il croisait, les étendues qu'il avait survolées, les endroits qu'il avait traversés, les sonorités qui lui parvenaient constituaient le générique d'un film d'un nouveau genre : une galerie d'acteurs inconnus évoluant dans un décor en perpétuel renouvellement, une bande-son étrangère et une suite d'images incohérentes. Le film n'avait pas encore commencé.

ELIAS SE RÉVEILLA à 4 heures et se leva à 5. Il prit une douche, passa une chemise propre, enfila son jean et attendit qu'il soit 7 heures pour aller prendre un petit déjeuner, comme le lui avait indiqué le réceptionniste la veille. Des œufs brouillés, du pain de mie toasté et un demi-litre de café noir. Puis il remonta dans la chambre et boucla son sac. Il régla sa note d'hôtel et demanda où il pouvait louer une voiture. L'homme parlait couramment anglais. Il lui désigna l'agence Hertz la plus proche sur un plan de la ville, à peine un kilomètre. Il lui remit aussi une carte de la région avec les lieux touristiques à visiter, ceux qui *valaient le coup*. Elias le remercia et quitta l'hôtel. La pluie avait cessé de tomber. Il longea la voie ferrée, traversa une place et s'arrêta près d'un jet d'eau pour se repérer sur la carte.

Un homme costumé et cravaté aux allures d'employé de banque le reçut avec un sourire contrarié par sa méfiance envers la dégaine d'homme des bois d'Elias. Il l'interpella d'un ton condescendant pour savoir ce qu'il voulait. Elias n'avait pas de temps à perdre. Sans prononcer un seul mot, il sortit une liasse d'euros de sa poche. L'employé changea de registre, expliqua d'un air affable les modalités de location, puis réclama une pièce d'identité. Elias le fit souvent répéter. Il arrêta son choix sur un Crossover Chevrolet anthracite quatre roues motrices avec une boîte de vitesses manuelles. Il paya la caution et fit programmer le GPS avec la destination de La Croix du Loup.

Elias jeta son sac sur la banquette arrière, s'installa au volant, régla le siège et les rétroviseurs, démarra et s'inséra dans le flot des voitures de l'avenue. On klaxonna à plusieurs reprises, car il roulait doucement, suivant les indications du GPS. C'était une petite ville et il ne mit pas longtemps à en sortir. Il se sentit mieux en rase campagne, longeant une rivière aux eaux sombres que les berges peinaient à contenir, bordée de prés dans lesquels paissaient des bovins à la robe couleur de froment bien mûr. Elias restait concentré sur sa conduite. Dans les rares lignes droites, il jetait de brefs coups d'œil aux forêts éloignées qui oxygénaient sa mémoire.

Obéissant à la voix féminine, il traversa un premier village, puis bifurqua sur la gauche. Les habitations étaient disséminées. La nature était faite de prairies et de bois, mais la rivière avait disparu et de petits étangs bordaient la route, avec parfois d'étranges statues antiques en plâtre sur la chaussée. Une fois qu'il eut dépassé la commune de Les Cars, le paysage se mua en une forêt uniforme de hêtres et de pins, debout ou couchés, comme après le passage d'une tempête.

Cela faisait cinquante minutes qu'il avait quitté l'agence de location quand le GPS lui indiqua qu'il était arrivé à destination. Un panneau : *La Croix du Loup*. Elias roula jusqu'au centre du bourg constitué de quelques maisons dans leur jus, d'une église, d'une épicerie et d'un bistrot dont le nom, peint dans un passé lointain sur un fronton en pierre, avait presque disparu : Les Feuillardier. Le « s » était effacé. Il avançait au pas et personne ne klaxonna cette fois.

Elias dépassa le bourg. Il fit demi-tour dans un chemin et retourna se garer en contrebas de l'église. Il verrouilla la voiture et se dirigea vers le bistrot, puisqu'il est avéré que c'est dans ce type d'endroit qu'on est susceptible d'apprendre un maximum de choses en peu de temps, que les langues se délient plus aisément que n'importe où ailleurs, quel que soit le dialecte utilisé et quel que soit le pays.

Au bout du zinc, un homme serrait une chope de bière entre ses mains, la tête pendue au-dessus, comme s'il interrogeait les derniers centilitres de breuvage par la seule force de sa pensée. Il ne prêta pas attention au nouvel arrivant. Le patron du bar était avachi sur un tabouret, derrière le comptoir, occupé à cocher des croix sur une grille de loto en utilisant manifestement une logique connue de lui seul. Il était petit et sec, et portait un gilet en laine épaisse, malgré la chaleur qui régnait à l'intérieur. Ce fut seulement lorsqu'il eut terminé de compléter sa grille qu'il releva les yeux vers le nouveau client qui se tenait immobile à l'autre bout du comptoir.

– Qu'est-ce que je vous sers ?

– A beer, s'il vous plaît… dit Elias en hachant les mots.

– Ah, on dirait que vous êtes pas du coin, vous, fit le patron en prenant l'habitué à témoin, comme s'il venait de faire la blague du siècle.

– Du coin ? répéta Elias, sans comprendre.

Le client vida sa bière dans la foulée, puis hocha la tête d'un air absent. Le patron remplit deux chopes, en tendit une à Elias et reposa la seconde au même endroit. Ses mains se refermèrent autour du verre gaufré.

– D'où vous venez… Where do you come from ?

– United States… Montana.

– Et qu'est-ce qui vous amène ici ?

Elias écarta les mains en signe d'incompréhension.

– Euh, why you are here ?

– Je chercher hôtel.

– Not hotel ici… but gîte, if you want.

– Gîte ? What…

– Maison… house, to sleep… chez l'habitant.

– Well, it's fine… comment faire ça ?

– Don't move, I call a friend un peu like you… he can help you.

Le patron sortit un téléphone de sous le comptoir, composa un numéro et se mit à parler d'un ton jovial à son interlocuteur. Il semblait plaisanter, mais Elias ne comprenait pas ce qu'il disait. Elias termina sa bière, puis le patron raccrocha en le regardant d'un air satisfait.

– John is OK, il arrive, dit-il.

– John ? Alright…

Le patron saisit la chope vide.

– Une autre ?

– Yes… Who is this John?

– Vous inquiétez pas, je sais pas pourquoi, mais je sens que vous allez bien vous entendre tous les deux, dit le barman.

Il servit la bière, puis lui tendit une main par-dessus le comptoir en disant :

– David Peyrac, like Nicolas… oui, bon, vous devez pas connaître. Bienvenue à La Croix du Loup.

– Elias Greenhill, thanks, David, répondit Elias en serrant la main.

Le type au bout du comptoir n'avait pas cillé. Il hocha de nouveau la tête, et le patron refit le niveau dans la chope. Un rituel bien huilé, constata Elias, dépourvu de paroles inutiles.

Vingt minutes plus tard, un homme grand et costaud d'une cinquantaine d'années poussait la porte du bar. Il portait un pantalon de treillis, des rangers, une veste en cuir usé passée par-dessus une chemise à carreaux, et ses longs cheveux poivre et sel étaient domestiqués par un élastique.

Il jeta un regard froid à l'habitué, qui ne réagit pas à son arrivée, puis donna une poignée de main au patron. Sans hésiter, il tendit le bras vers Elias. Les deux hommes se serrèrent franchement la main.

– John Gray, enchanté.

Gray s'exprimait dans un anglais parfait, avec un fort accent, inconnu d'Elias. Ses yeux étaient lumineux et bienveillants, et son sourire racontait une histoire à lui seul, à n'en pas douter une histoire d'excès, d'insouciance et de nature sauvage.

– Elias… enchanté.

– Alors comme ça, tu cherches un endroit où dormir ?

– C'est ça.

– Tu pouvais pas tomber mieux.

– Je compte rester quelques jours dans la région.

– Le temps que tu voudras, c'est un bonheur de parler anglais… Ils s'obstinent toujours à pas vouloir se mettre à la page par ici. Je désespère pas d'en convertir quelques-uns… je donne des cours à David, mais c'est pas le plus assidu des élèves, dit Gray dans un sourire, ralentissant le débit pour que l'autre comprenne.

– C'est peut-être toi qui es pas si bon prof que ça, fit Peyrac en français, pendant qu'il servait une bière à Gray.

Gray but une gorgée tout en jaugeant Elias de la tête aux pieds, sans aucune discrétion, puis posa la chope sur le comptoir.

– Cet accent ? demanda-t-il.

– Je viens d'un endroit qui s'appelle Eden Creek, dans le Montana.

– Je me disais bien aussi qu'il fallait chercher plus loin qu'un bras de mer.

– Et toi ?

– Écosse… Balmoral Castle, si c'est toujours le nom qu'on lui donne, depuis le temps… de toute façon, là-bas, c'est un peu comme ici, les châteaux y en a partout.

– Je suis jamais allé en Écosse.

Gray se renfrogna.

– Tu loupes quelque chose, dit-il.

– J'en doute pas.

– Bon, c'est le moment de se débarrasser des modalités, coupa l'Écossais en retrouvant sa mine joviale. J'ai une ferme à la sortie du village et une dépendance que j'ai aménagée en petit gîte. Je le loue deux cent cinquante euros la semaine. Si tu restes plus, faut voir…

– C'est parfait pour moi.

– Deal ! fit Gray en cognant sa chope contre celle d'Elias.

– Si tu as besoin d'une avance…

– On verra plus tard. Qu'est-ce qui t'amène ici, si je suis pas trop indiscret ? D'habitude, c'est plutôt les Anglais qui viennent acheter les vieilles pierres.

– Je suis pas là pour acheter. Je fais des recherches.

– Des recherches… tu es journaliste ?

– C'est ça.

– Il doit avoir les moyens ton boss, pour te payer le voyage et tout le reste.

Elias avait déjà réfléchi à une explication plausible pour justifier sa présence à La Croix du Loup.

– Il paraît que c'est le genre d'histoire que recherchent les lecteurs... Il veut éventuellement qu'on en fasse un livre, s'il y a assez de matière.

– Un livre, rien que ça, et elles portent sur quoi, ces recherches ?

– Sur une famille de la région.

– Quelle famille ? On se connaît tous.

– Les Montvert, répondit Elias en détachant distinctement les syllabes.

En entendant ce nom, Peyrac se figea et Gray eut un mouvement de recul, comme quand on entend une chose qu'on espérait ne pas entendre, mais qu'on ne veut pas le montrer. Elias distinguait pour la première fois le visage de l'habitué, tourné maintenant vers lui, visiblement désemparé.

– Comment tu as entendu parler d'eux aux États-Unis ?

Peyrac tendait l'oreille pour saisir au mieux ce qui se disait.

– Estelle et Charles de Montvert ont habité Eden Creek, il y a longtemps, puis ils ont disparu du jour au lendemain... personne sait ce qu'ils sont devenus.

– C'est une vieille histoire, elle intéresserait qui ?

– Les gens aiment le mystère, les disparitions, remuer le passé.

– Et ça ferait un livre ?

– J'en sais encore rien.

Gray jeta un coup d'œil à Peyrac et but une longue gorgée, avant de revenir à Elias.

– Je peux te donner un conseil ?

Elias acquieça.

– Les gens du coin, ils aiment pas bien le remuer, le passé.

L'Écossais avait haché sa diction. Elias eut le sentiment que ses mots sonnaient à la manière d'une justification, plus que d'une mise en garde.

– Bon, je te le montre, ce gîte ?

– OK.

Elias régla les consommations. L'Oracle n'avait visiblement pas été prolixe, l'habitué était de nouveau penché sur son verre vide. Gray sortit le premier. Elias lui emboîta le pas. Peyrac les suivit du regard. La porte était à peine refermée que le client sortait son téléphone.

LA VOITURE DE GRAY était garée devant le bistrot. C'était un 4×4 Lada blanc aux bas de caisse rouillés et dont les sièges arrière avaient été retirés.

– Je vais chercher mon carosse et je te suis, dit Elias.

– Je t'attends là.

Les deux véhicules traversèrent La Croix du Loup. La route se rétrécit et ils plongèrent bientôt dans une épaisse forêt de sapins, avant de remonter à travers une lande de callunes, d'ajoncs et d'arbustes rachitiques et biscornus. Les rares maisons qu'ils dépassaient semblaient plantées dans le paysage depuis toujours. Leurs pierres arboraient les mêmes nuances que les lichens et personne d'extérieur au décor n'aurait pu jurer qu'elles étaient habitées. L'Écossais roulait lentement. Elias surprenait parfois son regard dans le rétroviseur intérieur du 4×4, un regard qui s'attarde et qui questionne.

Environ cinq kilomètres après avoir quitté le

village, ils bifurquèrent sur une route plus étroite encore et recouverte de mousse en son milieu. Ils arrivèrent dans la cour d'une ferme qui paraissait abandonnée, avec les joints délités des pierres sur la façade et la peinture écaillée de la porte. Un épagneul accourut, aboyant et sautant autour du Lada. Gray montra à Elias l'endroit, près d'un puits, où il pouvait se garer. Il fallut éviter des poules qui picoraient. L'Écossais descendit le premier et le chien vint lui faire la fête. Il s'agenouilla, le caressa et lui parla. Pendant les effusions, Elias évalua les alentours. Deux bâtiments encadraient la maison, mieux entretenus qu'elle. Gray se redressa. Le chien trottina jusqu'à l'inconnu et le renifla. Elias posa une main sur le chanfrein soyeux.

– Lui, c'est Help, dit Gray.

– Salut, Help !

– On dirait qu'il t'a adopté. Il va plus te lâcher maintenant.

Elias désigna du menton l'entrée de la ferme.

– Plutôt déserts, les environs !

– Je me suis documenté sur la région, quand je suis arrivé. Tu serais passé par cette route-là y a plus de cent ans de ça, t'aurais pas dit la même chose.

– On a du mal à le croire.

– Et pourtant, c'est la pure vérité… mais tu sais comment sont les gens, ils jurent que par la ville, et plus grand monde échappe à la règle… Attends-moi, je reviens de suite.

Gray pénétra dans la maison, avec le chien à ses

basques, puis ressortit quelques secondes plus tard muni d'une énorme clé. Il entraîna Elias vers une petite bâtisse accolée à une grange.

– Il y a une cuisine, une cheminée, deux chambres et une salle de bains. C'est pas le grand luxe, mais c'est propre et je fais aérer tous les jours quand je loue pas.

– C'est exactement ce qu'il me faut.

– Y a du bois dans la remise, juste derrière, au cas où tu veux faire une flambée. Il fait pas chaud en ce moment, mais si tu peux éviter de tirer sur les radiateurs électriques, ça m'arrangerait.

– Pas de problème.

– Si tu as des questions, hésite pas.

– D'accord, merci.

Gray siffla son chien, qui accourut aussitôt.

– Je te laisse t'installer. Ah, une dernière chose, je peux te faire à manger, pour un petit supplément, rien que des trucs que je fais pousser, ou que j'élève… ou que j'attrape.

– Je sais pas pour les jours à venir, mais ce soir, je veux bien.

– Bon, alors à tout à l'heure, faut que j'aille soigner mes bestioles, maintenant.

Gray sortit avec le chien collé à ses basques. Elias s'attarda dans les pièces. Chacune recelait le strict minimum : lit, chevet et armoire dans les chambres ; table, cuisinière et frigo dans la cuisine ; pas de bibelot ; pas de télé. Il choisit la chambre dont la fenêtre s'ouvrait sur une avant-scène de prairies. Elles donnaient sur un rideau de chênes qui annonçait une épaisse forêt composée d'essences mélangées. Elias déballa ses affaires, les rangea dans l'armoire, et eut envie de faire le tour de la ferme afin de se dégourdir les jambes.

La maison, le gîte, la grange et une ancienne étable située en face formaient un U presque parfait. Les portes avaient été repeintes en gris foncé, mais pas celle de la maison. Des touffes d'herbes jaunies dépassaient d'entre les dalles de pierre et de nombreux épiphytes colonisaient le puits. Elias contourna l'édifice et se retrouva dans une arrière-cour. Gray fumait une cigarette près des clapiers à lapins. L'Écossais leva la tête et rejeta un nuage de fumée. Il laissa Elias approcher.

– T'as pas mis bien longtemps à t'installer.

– On peut pas dire que ce soient les bagages qui m'encombrent, répondit Elias en souriant.

Gray se tapota la tempe de l'index.

– Les gens comme toi, je suppose que ça a tout dans la tête, dit-il avec un brin d'ironie dans la voix.

– C'est un bel endroit. Il me rappelle un peu chez moi.

– C'est vrai, ma foi, que je t'imagine pas vivre en ville.

– J'y vis pas. La vallée d'Eden est coincée entre deux chaînes de montagnes. Elle était considérée comme une terre promise par les Indiens, un lieu sacré.

– Tu parles au passé…

– Je suppose qu'il n'y a plus beaucoup d'Indiens pour y croire.

L'Écossais plissa les yeux et trois sillons bien nets se creusèrent sur son front.

– Il en resterait qu'un seul que ce serait suffisant, pas vrai ? dit-il au bout d'un moment.

– Tu as certainement raison.

– Et pour ton boulot, c'est pas trop compliqué ? Pour communiquer, je veux dire.

– Mon boulot ?

– Les articles que tu écris. Enfin, j'imagine qu'avec internet c'est plus simple.

Elias se demanda si Gray avait un doute. Il acquiesça. L'Écossais poursuivit.

– Si tu veux te connecter ou utiliser un téléphone portable, il faudra aller au village ou bien te servir de ma ligne fixe.

– C'est pas un problème.

– Ça l'est pour beaucoup de gens.

L'Écossais ne poussa pas la conversation plus loin dans ce sens. C'était un homme intelligent et patient, qui laissait les mots faire leur effet avant d'en choisir d'autres. Il tira une dernière fois sur la cigarette, puis se leva, frotta la pointe sur le rebord en ciment d'un clapier et conserva le mégot éteint pincé entre deux doigts.

– Allez, viens plutôt boire un coup chez moi, ça t'aidera à faire un bon livre… en plus du reste.

Elias suivit Gray jusqu'à la maison. L'épagneul entra le premier et sauta sur un canapé. Dans l'embrasure, Elias marqua une hésitation. L'homme vivait manifestement seul au milieu d'un indescriptible capharnaüm. La pièce était peu éclairée, meublée d'une table rectangulaire encombrée de revues de pêche, avec un banc de chaque côté ; un bahut aux portes sculptées sur lesquelles deux échassiers se faisaient face au milieu des roseaux ; une cuisinière à bois ; une cheminée éteinte ; un canapé aux accoudoirs déchirés qui laissaient paraître une mousse semblable à de la bave solidifiée ; et tout autour, sur le sol en terre battue, une multitude d'objets de récupération, de livres et encore d'autres revues. Elias remarqua aussi un petit établi installé dans un recoin, au-dessus duquel deux équerres recouvertes de plusieurs couches de tissu supportaient des cannes à mouche. Gray le regarda d'un air amusé.

– Pas la peine de t'essuyer les pieds, je remets toujours le ménage à demain.

– Depuis combien de temps tu habites ici ?

L'Écossais jeta son mégot dans le fourneau et ajouta deux bûches à l'intérieur.

– J'ai acheté la ferme en quatre-vingt-trois à un paysan qui faisait sa valise pour la maison de retraite, contraint par ses enfants, à ce qu'il m'a raconté. Je l'ai pas vraiment connu, mais il venait me voir tous les week-ends au début, pour me parler du temps passé et me donner des conseils sur la meilleure façon de conduire la ferme. Évidemment, ma façon était pas la sienne, mais je l'écoutais. Ça a duré une petite année, et il est plus venu. J'ai pas cherché à en savoir plus.

Son ton baissa d'intensité au fur et à mesure qu'il

parlait, puis il y eut un silence. Durant la conversation, le chien observait les deux hommes – ses yeux allaient et venaient en suivant le son des voix – mais, à cet instant précis, son regard se figea au beau milieu du gué. Il louchait.

– Du vin, ça te dit ? demanda Gray.

– J'en ai jamais bu de ma vie.

– Quand je suis arrivé dans ce pays, j'étais un buveur de bière… et puis je suis tombé sous le charme de ce sacré jus de raisin… Bouge pas.

Gray ouvrit une porte à droite de la cheminée, actionna un interrupteur et se baissa pour s'engouffrer dans le passage. Les marches de l'escalier qui menait à la cave se mirent à craquer sous son poids, il y eut un bruit de verrou et une porte grinça par deux fois. L'Écossais réapparut peu après en tenant une bouteille de vin à la main. Il attrapa deux verres dans un buffet, déboucha la bouteille et approcha son nez au-dessus du goulot. Il se servit un fond et goûta.

– Pour une première, je pense que ça fera l'affaire, un petit vin de Loire, tout ce qu'il y a de léger. Pas mon préféré, mais bon.

Gray remplit les deux verres à moitié, en commençant par celui de son invité. Il posa la bouteille sur la table et attendit qu'Elias tâte le terrain. Le jeune homme but une petite gorgée qui lui arracha une grimace.

– Alors ?

– Il n'a pas vraiment un goût de raisin, ce jus, si tu veux mon avis.

– C'est ça le mystère. Faut avouer qu'ils sont quand même forts, ces Français.

– Je suis pas certain d'être un jour en mesure d'apprécier ce mystère-là à sa juste valeur.

Gray hocha la tête et prit un air conspirateur.

– Et moi, je parierais le contraire, si tu restes assez longtemps.

– Si tu as de l'argent à perdre.

– Non j'en ai pas… Des pommes de terre rôties et un confit de canard pour le dîner, ça te tente ?

– Je suis pas difficile…

– Tant mieux. Je vais commencer à préparer le repas, ça me dérange pas si tu restes, à moins que tu préfères retourner au gîte.

Elias se mit à déambuler dans la pièce, veillant à éviter les obstacles. Il s'arrêta devant l'établi. Gray l'observait en coin.

– Pêcheur ?

– Oui, un peu.

– Je connais pas plus belle religion.

Elias se tourna vers son hôte, avant de se laisser embringuer par la nostalgie. Le souvenir de l'Eden River coulait sous son crâne.

– Comment tu es arrivé ici, depuis l'Écosse ? demanda-t-il au bout d'un moment.

– C'est une histoire que je te raconterai peut-être un jour, si on est amenés à se connaître mieux, répondit Gray sans aucune agressivité dans la voix, mais sur un ton qui ne souffrait aucune relance.

À CERTAINS MOMENTS, le vent s'engouffrait dans le conduit de la cuisinière, faisait vibrer la tôle et agaçait les flammes, puis on ne l'entendait plus avant qu'il ne revienne faire sa ronde.

Elias apprécia le repas, excepté le vin qu'il ne parvint pas à apprivoiser. Les deux hommes parlèrent d'espace et de pêche. Elias ne put contenir un nouvel élan de nostalgie à l'évocation de ses montagnes, sa vallée, sa rivière, à la fois si présentes et si lointaines. Quand son malaise devint palpable, Gray se leva, et tout en ramassant les assiettes il dit :

– Le mal du pays ?

– Beaucoup de changements en peu de temps.

– J'imagine.

Gray rassembla les restes dans une seule assiette, qu'il posa par terre. Le chien releva la tête et se précipita en frétillant, s'empressant de tout engloutir. Il prenait à peine le temps de croquer les os.

– J'ai jamais remis les pieds en Écosse, depuis que j'en suis parti, dit-il.

– Tu n'as plus de famille, là-bas ?

Gray hésita avant de répondre.

– On peut dire ça.

Elias laissa défiler deux ou trois secondes pour ne pas brusquer l'Écossais.

– Et ça ne te manque pas ?

– Disons que j'évite de me poser la question et que quand c'est quelqu'un d'autre qui me la pose, j'évite que ça se reproduise.

Gray ramassa l'assiette et la transporta jusqu'à l'évier, sans un mot. Elias avait le sentiment qu'à chaque fois qu'il entrouvrait une porte qui lui permettrait de reprendre la main et d'amener Gray du côté de ses préoccupations, l'Écossais la refermait doucement, comme si quelqu'un dormait de l'autre côté et qu'il ne voulait pas le réveiller, du moins pas encore. Il opérait avec une certaine élégance et une évidente détermination.

Elias se dit alors qu'il était temps de profiter de la diversion pour changer d'aiguillage.

– Je peux te poser une question ?

– Je suppose que je peux pas t'en empêcher.

– Quand j'ai prononcé le nom des Montvert, tout à l'heure, il m'a semblé que...

– Que c'était pas un sujet à aborder ?

– Voilà.

– C'est le sujet tabou de la région. Mais, après tout, c'est une histoire ancienne qui peut plus faire de mal à personne. En tout cas, moi, elle me concerne pas.

Gray rejoignit l'épagneul sur le canapé et commença à le caresser en le couvant du regard.

– Tu chasses ?

– Un peu.

– Tu fais tout un peu, alors.

– Je dois pas être aussi expert que toi.

– Help est un chien de chasse hors pair, en plus d'être un compagnon irréprochable.

– J'en suis sûr.

Gray fixait maintenant Elias et sa main continuait d'aller et venir sur le pelage luisant, dans le sens du poil et à rebours.

– Les Montvert, ils habitaient au château de La Croix du Loup, à pas plus d'un kilomètre du bourg.

– Habitaient ?

– Ouais. Ça fait douze ans que le château a été vendu, juste après la mort de Philippe de Montvert.

– Philippe ?

– C'était le plus jeune des deux frères.

– Que sont devenus Estelle et Charles ?

– Morts aussi, il y a une vingtaine d'années. J'étais pas encore là, à l'époque.

Elias encaissa le choc, tentant de masquer au mieux son émotion. Bien sûr, il avait fait plus qu'envisager la mort de ses parents, mais l'entendre de la bouche de quelqu'un capable de l'affirmer le propulsa à un degré supplémentaire de solitude.

Le silence qui suivit ressemblait au temps nécessaire qu'on prend quand on réfléchit à quelle attitude adopter pour ne pas se trahir, et à quoi dire pour que la logique de la conversation soit respectée. Ne pas sauter les étapes. La mort d'Estelle et de Charles coïncidait approximativement avec le départ du couple d'Eden Creek. Que s'était-il passé ? Une foule de questions engorgeait la tête d'Elias, comme quand on veut faire couler des graviers trop gros dans un entonnoir trop petit. Il ne fallait pas qu'il se dévoile si vite, même s'il mourait d'envie de savoir de quelle manière étaient morts ses parents. Elias n'avait jamais eu à faire leur deuil, étant donné qu'il ne les avait pas connus. Mais en lui parlant sur son lit de mort, Mama Tulssa avait ouvert une plaie et Gray venait juste de balancer une poignée de gros sel en plein dessus.

– Comment tu sais qu'ils sont tous morts ? demanda Elias en plantant son regard dans les yeux gris de l'Écossais.

– Tous, je sais pas, mais ceux d'ici, c'est une chose sûre. Une étrange histoire… ouais, une bien étrange histoire.

– J'aimerais la connaître, cette histoire.

– Ça fait seulement quelques heures que tu es arrivé et tu voudrais déjà tout savoir. T'es pas patient, on dirait, ou alors juste un peu, dit Gray en appuyant exagérément sur les mots.

– Quand ? demanda Elias, sans parvenir à réprimer son impatience.

– On ira faire une balade demain, c'est nécessaire pour la suite. Et pour l'ambiance, aussi.

– J'ai pas vraiment le choix que d'attendre, pas vrai ?

Gray cessa de caresser le chien. Il décolla le dos du canapé.

– M'est avis que tu l'as plus depuis que tu as posé les pieds à La Croix du Loup, n'est-ce pas, monsieur Greenhill ? Si j'ai bien lu le nom sur l'étiquette accrochée à ton sac.

– Pourquoi tu me dis ça ? dit Elias en fuyant le regard inquisiteur.

– Pour rien. Je vais me coucher. Tu peux rester tant que tu veux, éteins la lumière en sortant.

Gray se leva, abandonnant Elias dans la cuisine sans lui laisser le temps d'une nouvelle question. Help étira ses pattes et suivit son maître en trottinant. Ils disparurent derrière une porte. Une autre porte claqua peu après, puis le silence se fit, un silence relatif, permettant à Elias d'entendre le tic-tac d'une horloge murale qui ne semblait pas mesurer le temps, mais plutôt donner à ce silence-là l'envergure qu'il méritait, faire en sorte que les choses présentes soient plus importantes que le passé des hommes.

Il pivota sur le banc, dos calé à l'arête de la table et bras étalés sur le plateau. Il parcourut des yeux les objets amoncelés, son regard fut de nouveau aimanté par les cannes. Il se leva et, en approchant de l'établi, il découvrit deux housses calées contre le bahut. Il ne put résister à l'envie de les ouvrir. Gray ne semblait pas être maniaque, mais le canon du Merkel calibre 12 à canons juxtaposés était graissé et on voyait qu'il prenait soin de nourrir le bois ; la carabine, une Remington calibre 7 × 64 à chargeur amovible surmonté d'une lunette Bushnell, était impeccable elle aussi. Elias remit les armes en place, puis s'intéressa aux cannes à mouche. Il en compta quatre modèles différents. Il n'y avait pas une once de poussière sur les brins de fibre de carbone ou de bambou. Elias était un fervent adepte de cette pratique. Il en attrapa une en bambou, signée *Boileau*, avec une truite peinte sur le premier manchon, retira les élastiques et emboîta les brins. Il tendit le bras et la trouva parfaitement équilibrée. Il remit tout en place sur le support. L'établi était encombré par plusieurs sachets étiquetés contenant des plumes de coq et de faisan, du duvet et des poils de lièvre. Un hameçon était coincé dans l'étau et sa hampe était nue, statuette épurée, sagement assise, attendant sa vêture. Malgré tous ses mystères, l'Écossais plaisait de plus en plus à Elias. Des priorités qu'ils avaient en commun, et qui venaient de sauver Elias du gouffre. Il déambula encore quelques minutes dans la pièce et but une dernière gorgée de vin, sans grimacer cette fois.

En sortant de la maison, Elias éteignit la lumière et claqua la porte comme le lui avait demandé Gray. Dehors, l'air était frais et le ciel clair. Une nuée d'étoiles accompagnaient une lune complète, semblables à de petits rémoras attentifs autour d'un Léviathan immobile et péremptoire. La Voie lactée ressemblait à un placenta suspendu à une matrice céleste. Au-dessus du toit de la grange, la noire silhouette d'un conifère en forme de glaive semblait plantée dans le ventre mou du ciel. Elias n'avait pas sommeil. Il s'attarda dans la cour. Tout autour, des présences réelles ou irréelles froissaient l'obscurité incomplète, des présences issues de cette nuit-là et de toutes les nuits archivées dans sa mémoire. Il voulait profiter des moindres atomes qui la constituaient, car il savait désormais avec certitude que dès le lendemain, dans cette région sans grand relief, il se retrouverait face à une montagne qu'il faudrait gravir, quoi qu'il dût lui en coûter.

Elias rentra au gîte. Il faisait frais à l'intérieur, mais il était trop tard pour faire un feu. La fatigue et l'abattement avaient eu raison de lui. Il sortit un édredon de l'armoire, retira ses bottes et se déshabilla. Il se glissa sous les couvertures, ferma aussitôt les yeux et s'endormit, vite rattrapé par un rêve. Des étoiles s'incrustèrent dans son sommeil. Il en enfourcha une et traversa l'espace et le temps. L'un et l'autre le menèrent en territoire d'enfance. Il entendit la voix de Mama Tulssa et le pas lourd de Papa Tulssa, cognant le plancher de la cabane en rondins. Une incantation destinée à convoquer les esprits de l'ancienne et fière nation des Rêveurs. Vagabond il était. Au milieu des étoiles et du vide.

Les éboulis se faisaient plus rares. On voyait des prémices de végétation entre les plaques de neige et les blocs de roche compacte. Quelques sillons garnis de pouzzolane rappelaient que le feu avait jailli un jour des entrailles d'un volcan éteint depuis longtemps, irriguant désormais l'adret d'une semence friable et sanguinolente.

Le corps de la femme morte la veille reposait sur le dos, attaché sur un travois. On avait pris soin de la protéger avec une couverture ornée de motifs géométriques bariolés. Petite chose dérisoire, épinglée sur une peau tendue de bison. La bosse recouverte d'une croûte au niveau de la plaie de son front ressemblait à une montagne couronnée de neiges sanglantes éternelles. La troupe silencieuse escortait sa dépouille et cherchait l'endroit pour une sépulture décente. Deux enfants étaient assis près d'elle sur le travois, occupés à faire des nœuds savants avec de la ficelle de chanvre. De petits oiseaux, en quête de nourriture, voletaient entre des bouquets d'arbustes et dilataient le silence de leurs cris stridents.

Les chevaux marchaient au pas et le bruit de leurs sabots

était étouffé par les plaques de prairies que les cavaliers empruntaient désormais. Un courant plus chaud montait de la vallée et enveloppait la colonne d'hommes, de femmes et d'enfants. On voyait parfois l'air danser dans le court horizon, grignoter la matière et fabriquer d'autres couleurs. Ce qui en d'autres temps et d'autres lieux aurait pu être apprécié à sa juste valeur ne pouvait l'être à cause du recueillement de tous. La douleur en chacun.

Alors que le soleil disparaissait lentement derrière le groupe comme une boule de feu coulissant dans le volcan usé, Eden Cloud avait levé un bras et s'était retourné sur la troupe. Ils s'arrêtaient là, afin de camper à l'abri du vent. Même si la crainte d'être rattrapés par l'armée semblait écartée, des guetteurs se relaieraient sur les hauteurs, et veilleraient autant que nécessaire.

LE JOUR était tout juste levé quand Elias se réveilla. Il n'avait pas fermé les volets la veille et la lumière enflait à l'intérieur de la chambre. La température avait considérablement chuté. Il se rendit dans la salle de bains et jeta de l'eau fraîche sur son visage. Il s'habilla, enfila ses bottes, sa veste, et sortit. Help furetait près du puits. Le chien rejoignit Elias en agitant frénétiquement son moignon de queue, puis se mit à japper avant de se diriger vers la maison, comme s'il invitait Elias à entrer. Petit majordome excité qui se retournait pour vérifier que le visiteur le suivait bien.

Gray était attablé dans la cuisine. Il reçut Elias d'un ton enjoué.

– Un café, Greenhill ?

– Avec plaisir.

L'Écossais versa une généreuse rasade dans une grande tasse en porcelaine blanche, la poussa de l'autre côté de la table, face à lui, et demanda :

– Bien dormi ?

– Pas mal.

– C'est un bon endroit pour dormir, tu verras.

– J'en doute pas, pour vivre aussi, je suppose.

– Ça demande plus d'efforts, mais tu as l'air d'être le genre d'homme capable de s'adapter à pas mal de situations, dit Gray en sirotant son café sans regarder Elias.

– C'est une belle journée, en effet.

– Parfaite pour aller faire un tour, mais rien ne presse. Avant, tu vas goûter ma confiture de framboise et ce pain que je suis allé chercher de bonne heure au bourg.

– J'ai pas entendu de bruit de moteur, dit Elias surpris.

– Tu risquais pas, j'ai laissé couler la voiture au point mort jusqu'au bas de l'allée pour pas te réveiller.

– Merci de l'attention.

– On est comme ça, nous les Écossais, remplis d'attentions pour notre prochain. On peut pas dire que ça nous ait rendu service.

Gray trancha lui-même le pain. Elias mangea de bon appétit et avala plusieurs tasses de café noir. L'hôte tendait de temps à autre une bouchée beurrée, que le chien gobait instantanément. Quand les deux hommes eurent fini leur petit déjeuner, ils abandonnèrent les tasses et les couverts dans l'évier avec les assiettes de la veille.

– Je vais faire la vaisselle, dit Elias.

– Laisse. Y a un moment pour tout.

Ils sortirent. L'Écossais ouvrit le coffre. Help sauta

à l'intérieur et s'allongea sur une couverture crasseuse déroulée à l'arrière du véhicule.

– Au début, il rechignait à monter. Maintenant, je crois qu'il se damnerait pour une balade, dit Gray en abaissant le hayon.

Gray pompa l'embrayage avec le pied. Il s'y reprit plusieurs fois avant de démarrer. Le trajet dura suffisamment pour qu'Elias sente monter en lui un mal de mer provoqué par la conduite chaotique de l'Écossais sur la route sinueuse. Elias balançait son regard d'un côté et de l'autre, sans fixer la route bien longtemps. Après une dizaine de minutes, le 4 × 4 se garait dans un chemin creux bordé par une haie naturelle de charmille du côté gauche, et par une clôture de fil de fer barbelé de l'autre, qui annonçait une vaste prairie d'un vert tendre. Un grand chêne tançait l'horizon tel un guetteur plusieurs fois centenaire. Au loin, de lourds nuages épars avaient des allures de flaques de mazout à la surface d'un océan, et une lumière diaphane éclairait la scène par l'arrière. On n'aurait pas su dire où s'arrêtait la végétation et où commençait le ciel, ni s'il y avait lieu de faire une différence, ni même s'il était raisonnable de l'imaginer.

– Ça vaut sûrement pas le Montana, mais c'est quelque chose, hein ? dit Gray en descendant de voiture, observant le paysage.

– Tu sais ce qui me perturbe, depuis que je suis arrivé ?

– J'ai bien une petite idée, mais vas-y, je t'écoute.

– C'est qu'il n'y a pas de montagnes.

– Ah… C'est vrai que le pays est plutôt plat. On se trouve juste au-dessous du parc du château. On va rester discrets, les propriétaires aiment pas trop qu'on vienne fouiner sur leurs terres, des fois qu'on abîmerait le beau gazon. Il suffit de remonter un peu le chemin et de se faufiler par un endroit où la haie est moins épaisse.

– On dirait que tu as l'habitude.

– Y a toujours un endroit moins épais dans une haie, c'est une loi de la nature. Faut juste être patient pour la débusquer, dit Gray avec un léger sourire.

Les deux hommes arpentèrent le chemin sur quelques dizaines de mètres. Ils longèrent bientôt un hangar en pierre, dont un des murs écroulés laissait voir les tuiles cariées du toit posées sur des gencives de bois scorbutiques. Le talus devenait de plus en plus pentu du côté de la haie, et les charmilles de moins en moins drues. À un moment, Gray s'arrêta, tendit l'oreille et fit signe à Elias de rester silencieux. Cette attitude lui rappela Papa Tulssa, quand il s'imprégnait de l'environnement, comme si le fait d'avoir côtoyé un temps les hommes l'en avait extrait et qu'il fallait soumettre une demande en bonne et due forme à la nature avant d'être de nouveau accepté par elle. Une permission nécessaire à la communion, garante d'un émerveillement renouvelé. Le flash dura quelques secondes. Elias se dit que ce ne serait pas le dernier.

GRAY ENTREPRIT DE GRAVIR LE TALUS. S'agrippant à des racines dévoilées par l'érosion naturelle, il se faufila dans un trou de la haie, une coulée entretenue par le passage répété d'animaux sauvages. Elias suivit l'Écossais. Ils débouchèrent peu après sur une pelouse fraîchement tondue, derrière un bouquet de rhododendrons. Le parc était désert. Gray prit le temps d'évaluer les alentours, puis il fit un mouvement du bras et se mit à courir en terrain découvert, aussitôt imité par Elias. Les deux hommes se tenaient courbés, silhouettes apeurées, mi-humaines, mi-animales, à la recherche d'un nouvel abri. Ils s'arrêtèrent sous un hêtre pourpre et se calèrent contre le tronc monumental. Ils pouvaient désormais embrasser du regard la façade austère du château à une centaine de mètres. La bâtisse ressemblait plus à une grosse maison bourgeoise ou même un manoir qu'à un véritable château, avec ses deux étages encadrés par deux tours rectangulaires agrémentées de balcons qui rappelaient le perron de l'entrée principale. Sur la gauche, une tour esseulée recouverte de lierre, de faible hauteur et circulaire, celle-là, semblait beaucoup plus ancienne, percée de minuscules fenêtres protégées par d'épaisses grilles rouillées. On aurait dit qu'un géant l'avait sectionnée d'un coup d'épée, et qu'il n'en subsistait qu'un moignon anachronique.

Gray fit un nouveau signe à Elias. Le duo contourna les bâtiments en longeant la haie, traversa une allée, escalada un muret et se retrouva dans une partie du parc disposée en terrasse, de sorte que les deux hommes surplombaient maintenant l'arrière de la bâtisse. Ils trouvèrent refuge derrière un buis. Une voiture blanche était garée sous une pergola, un modèle allemand récent, à la carrosserie dépourvue de toute trace de boue. Les allées étaient gravillonnées et ratissées. Depuis son poste d'observation, un détail sauta aux yeux d'Elias : les volets et les portes du château étaient tous peints en vert amande, alors que les boiseries des dépendances étaient recouvertes d'un rouge vif. Il avait beau essayer, il ne parvenait pas à faire un lien entre cette propriété bourgeoise et ses parents, à les imaginer dans un endroit aussi différent que la ferme d'Eden Creek.

Les deux hommes détaillèrent encore un moment les environs. Ils ne perçurent aucun signe de vie. D'une voix étouffée, Gray annonça qu'il ne fallait pas s'attarder davantage. Ils firent demi-tour.

Une fois qu'ils eurent regagné le chemin par la même trouée, Gray s'arrêta, sortit un paquet de tabac, se roula une cigarette, l'alluma, et tendit le paquet à Elias.

– Ça te dit ?

– Non, je fume pas, merci.

La plaine avait changé de teinte. Les nuages s'étaient maintenant regroupés, formant une canopée sombre. Une bande de ciel clair matérialisait une ligne de démarcation entre deux états désormais bien distincts.

– Alors, comment tu le trouves, ce château ?

Elias prit un temps avant de répondre. Il avait besoin de remettre de l'ordre dans son esprit. Il savait qu'une histoire allait suivre et qu'il n'était peut-être pas disposé à la recevoir.

– Il ne ressemble pas vraiment à un château, en tout cas, pas à l'idée que je m'en faisais.

– C'est que c'en est pas vraiment un. À part le donjon qui a été en partie rasé pendant la guerre de Cent Ans. D'où son allure.

– On dirait qu'il ne date pas de la même époque que le reste.

– Bien vu. Jusqu'au quatorzième siècle, il y avait une forteresse ici, tenue par les Anglais. C'est Du Guesclin, un chevalier français, qui les a chassés de la région. La forteresse a été détruite pendant les assauts. Seule la tour a tenu le choc, enfin, ce qu'il en reste… Personne sait trop comment la propriété s'est retrouvée en possession des Montvert au seizième siècle. C'est un certain Jean de Montvert qui a entrepris de construire l'actuelle chartreuse en utilisant les pierres de l'ancienne forteresse. On sait pas non plus pourquoi il a conservé le donjon à moitié détruit. Peut-être qu'il voulait préserver un vestige de la glorieuse époque des chevaliers ?

– Les Montvert vivaient là depuis plus de quatre siècles, avant que tout ne soit vendu ?

– Exactement, et le plus drôle, c'est que c'est justement un Anglais qui a acheté le château, après la mort de Philippe, il y a douze ans. Si ça se trouve, il a dans l'idée de reconstruire un de ces jours l'ancienne forteresse, fit Gray en haussant les épaules.

– Pas d'héritiers ?

– Apparemment pas la queue d'un. Il faut dire que si ç'avait été le cas, il aurait fallu récupérer les dettes en plus du château délabré. Il était loin d'être dans l'état où tu peux le voir aujourd'hui. L'Anglais a dû mettre un paquet de fric sur la table pour arriver à un résultat pareil, et même en dessous de la table, à ce qu'on raconte.

– Comment s'est passée la vente du domaine ?

– En France, quand aucun héritier ne se manifeste, c'est l'État qui récupère les biens, et vu les investissements à engager pour une réfection, je suppose qu'ils ont préféré s'en débarrasser et vendre au plus offrant.

Elias réfléchissait à tout ce que venait de lui confier Gray.

– J'imagine que ça t'en bouche un coin, qu'un

étranger sache autant de choses. En arrivant, j'ai eu besoin de savoir exactement où je mettais les pieds, de remonter l'histoire aussi loin que je pouvais.

Elias n'écoutait pas, suivant le cours de ses pensées.

– C'est étonnant qu'une propriété que possédait une famille depuis des siècles soit cédée à des inconnus, dit-il.

– T'es pas au bout de tes surprises. Allez, viens, j'ai encore un truc à te montrer et après on rentre.

Ils descendirent le chemin en direction de la voiture. Ils dépassèrent le véhicule et remontèrent la route par laquelle ils étaient arrivés. Un lourd portail en fer forgé interdisait l'accès à la propriété. Deux érables champêtres étendaient leurs phalanges ligneuses par-dessus le mur d'enceinte pointillé de touffes de joubarbes et de polypodes. Ils contournèrent le parc, piétinant un goudron en partie desquamé et arrivèrent en vue d'une grange adossée au mur, qui se prolongeait par une maison d'habitation recouverte d'un crépi beige. De l'autre côté de la route se trouvait une seconde grange, encore plus imposante. L'ensemble des bâtiments semblait avoir été rénové depuis peu. Les volets de la maison étaient peints en blanc et une épaisse couche de graviers lavés recouvrait la terrasse. Gray ne donna aucune explication, continuant de marcher sur la route, et quand il eut bifurqué au coin de la grange, il ralentit le pas et se retourna vers Elias. La maison était désormais masquée par l'angle du bâtiment.

– Qu'est-ce que t'en dis ?

– Je comprends pas, on dirait que la maison ne fait pas partie du château…

– C'est pourtant le cas.

– Alors, pourquoi la façade donne sur la route et non sur le parc ?

– Bonne question, et y a rien d'autre qui te chagrine ?

Avant de répondre, Elias se pencha et jeta un coup d'œil en direction des bâtiments.

– La maison a l'air plus récente que la chartreuse.

– Bien observé. Cette bicoque, de même que les écuries qui se trouvent de l'autre côté de la route, c'est Philippe, le cadet des Montvert, qui les a fait construire pour y habiter, y a une quarantaine d'années.

Elias réfléchit un instant. Il dit :

– Il devait pourtant y avoir suffisamment de place au château.

– Sûr que c'était pas la place qui manquait, mais les deux frères s'entendaient pas. L'idée de se croiser tous les jours à l'intérieur devait pas être envisageable pour eux.

– Donc ce Philippe a préféré construire cette maison plutôt que de s'installer ailleurs.

– La propriété lui appartenait aussi, il voulait pas laisser le champ libre au frangin.

– Drôle de famille. Et Estelle, dans tout ça ?

– Il est temps de rentrer, il va bientôt pleuvoir. On reprendra la conversation chez moi, autour d'un bon feu. On a plus rien à faire ici.

Lorsqu'ils arrivèrent au 4×4, Gray ouvrit le coffre. Help sauta à terre et se dégourdit les pattes sur le chemin. Il pissa contre un bidon d'huile rouillé de deux cents litres posé contre la ruine. La pluie se mit à tomber. On aurait dit qu'une puissance supérieure venait d'éventrer un nuage d'un coup de sabre. Gray rappela le chien et tout le monde s'installa dans la voiture. Les vitres étaient couvertes de buée. L'Écossais démarra et recula jusqu'à la route. Il frotta le pare-brise du revers de sa manche, manœuvra pour se mettre dans le sens de la marche, descendit sa glace de moitié et demanda à Elias d'en faire autant pour contrer la buée. Le chauffage ne fonctionnait plus. L'eau ruisselait sur la vitre et les essuie-glaces peinaient à l'évacuer, de sorte que le champ de vision depuis l'habitacle se résumait à une vue floutée de la réalité. Un paysage impressionniste dégoulinant sur le verre épais.

Ils étaient parvenus sur la portion de route traversant la forêt quand un chevreuil bondit devant le véhicule. L'Écossais donna un coup de volant pour l'éviter, mais l'embardée ne put qu'atténuer le choc et il le percuta. L'animal fut projeté sur le bas-côté, dérapa et s'affaissa sur le goudron. La pluie s'était intensifiée et aquarellait le sang qui s'écoulait du pelage. Gray s'arrêta et coupa le moteur. Il n'était même pas encore descendu du véhicule que le chevreuil prenait appui sur ses pattes postérieures, jetait sa tête en avant et se propulsait sous le couvert végétal avec une énergie incroyable. Gray pesta, puis sortit du Lada, suivi d'Elias. Les grosses gouttes d'eau s'écrasaient sur la tôle et saccageaient le silence. Il ne subsistait aucune empreinte visible du drame. L'Écossais s'approcha du bas-côté et fouilla le sous-bois du regard.

– C'est trop con si on le retrouve pas. Il va sûrement finir par crever dans la forêt et on en profitera pas.

– Peut-être qu'il n'est pas allé bien loin.

Les deux hommes étaient obligés de crier pour se faire entendre.

– M'étonnerait, mais on peut quand même s'avancer un peu pour voir.

Gray lâcha le chien, et le dirigea sur la zone de la collision, mais la pluie empêchait l'animal de se mettre sur la piste.

– Je m'en doutais, dit l'Écossais d'un air dépité avant de faire remonter Help.

Les deux hommes enjambèrent le fossé et suivirent le sillage du chevreuil blessé. Ils furent trempés en moins de cinq minutes. Malgré le déluge, ils battirent les environs sur quelques centaines de mètres à l'intérieur de la forêt, sans découvrir de cadavre, ni la moindre trace de sang.

– Pas la peine d'insister, on le retrouvera pas, cria Gray.

Elias acquiesça. Ils rejoignirent le 4×4. Help les attendait la truffe collée contre une des vitres. Une fois à l'intérieur du véhicule, Gray posa ses mains sur le volant sans démarrer. L'eau dégoulinait de ses cheveux et le faisait cligner des yeux.

– C'est trop con, répéta-t-il en frappant du gras de

la main une branche du volant. Y a pas à dire, elles ont de sacrées ressources pour nous échapper ces bêtes-là !

– Instinct de survie.

Gray n'écoutait pas.

– J'aurais préféré l'avoir au bout de mon fusil. Y aurait eu plus de noblesse pour les deux. J'aurais alors pu choisir de pas tirer.

Elias laissa l'Écossais ruminer ce qu'il considérait visiblement comme une faute.

– Y a l'air d'y avoir pas mal de gibier ? demanda-t-il au bout d'un moment.

– De ce genre, oui. Enfin, celui-là contribuera à nourrir quelques familles de sauvagines. On a aussi des sangliers. Une fois, y en a un qui m'a fait caler le 4 × 4. Calandre et radiateur explosés. Le bestiau est reparti. Il aurait buté dans une boîte de conserve vide que ça aurait eu le même effet sur lui. Je suis sûr qu'il s'en est sorti, il faisait pas loin de deux cents kilos. J'ai jamais pu redémarrer. J'ai soudé un pare-buffle après ça.

– Je me suis permis de jeter un coup d'œil à tes armes, hier soir.

– Tu as bien fait. Beau matériel, pas vrai ? J'imagine que tu t'y connais un peu, ajouta Gray tout sourire.

– Mon père possédait une vieille Winchester, mais il l'utilisait rarement.

– C'est pourtant pas le gibier qui doit manquer dans le Montana ?

– Disons qu'il avait d'autres méthodes.

– Le fusil, c'est pour chasser le lièvre et la bécasse. La carabine, c'est pour le gros gibier. Je m'en sers pas souvent, juste quand j'ai besoin de viande.

– Moi, je préfère la pêche à la mouche.

– Pareil. On a quelques belles truites dans la Dronne.

– J'ai aussi regardé tes cannes.

– Y en a pour une petite fortune.

Là-dessus, Gray démarra. Il opina de la tête et répéta une dernière fois que c'était quand même trop con cette histoire de chevreuil, qu'ils l'auraient dépecé au retour et se seraient fait griller un gigot tout frais. Il ressemblait à un vieux loup de mer agrippé à son gouvernail, occupé à maintenir un rafiot déglingué à flot, et le plaisir qu'il semblait prendre à défier les éléments lui faisait endosser une sorte d'aura quasi mythologique. Le mal de mer reprit Elias, malgré le filet d'air qui s'engouffrait par la vitre entrouverte. Il s'accrochait à son siège sans rien dire, concentré sur la route qu'il apercevait entre le balai poussif des essuie-glaces.

– Bonne bagnole, dit Gray en ralentissant à la vue de l'entrée de sa ferme.

– Heureusement, lâcha Elias, soulagé d'être enfin arrivé à destination.

– Tu trouves que je conduis mal ?

– C'est juste que tu as plus l'habitude que moi des routes d'ici, et de ta voiture.

– On se change et tu me rejoins pour boire un café ?

Elias accepta l'invitation. Il descendit de voiture et entra dans le gîte. Il retira ses vêtements, se sécha et en enfila d'autres. Il s'en alla ensuite chercher du bois et fit un feu dans la cheminée. Il approcha deux chaises, déposa ses affaires trempées sur les dossiers et s'assit face à la flambée. Il regarda les flammes user les bûches et s'effilocher, libérant parfois d'éclatantes braises aux allures d'insectes iridescents. La chaleur et le crépitement du bois emportèrent Elias au creux de la matrice utérine d'Eden Creek, à l'époque où Papa et Mama Tulssa le couvaient. Les silhouettes des deux Indiens apparurent au milieu des flammes et vacillèrent, incapables de tenir d'aplomb dans son rêve éveillé. Elias ferma les yeux et elles avaient disparu quand il les rouvrit. Il se sentit cueilli comme un fruit serré sans précaution par une main étrangère. Il se leva pour chasser l'inconfort du sentiment, sortit et traversa la cour pendant que la pluie continuait de tomber sans discontinuer.

ELIAS FRAPPA À LA PORTE. Gray lui cria d'entrer. L'Écossais était assis sur un banc et buvait un café. Il s'était changé, mais ses cheveux étaient encore mouillés. Help, couché aux pieds de son maître, tourna la tête vers la porte et son moignon de queue se mit à frétiller.

– Installe-toi, dit Gray en remplissant une seconde tasse.

– Merci.

Elias enjamba le banc de l'autre côté de la table. Son hôte se leva pour attraper une bouteille de gnôle posée sur le bahut.

– Garde un peu de café, je vais te faire goûter mon eau-de-vie, elle va te réchauffer, mieux que le vin.

Elias but une gorgée et reposa la tasse. Il fixait le tortillon de fumée sculpté par un courant d'air. Une fois que les deux hommes eurent siroté leur café et laissé s'installer le silence, Gray versa une rasade de gnôle dans chacune des tasses. Il s'attarda un peu plus au-dessus de la sienne.

– Eau-de-vie de prune. Vous connaissez ce genre de bénédiction dans le Montana ?

– Mon père buvait juste une bière de temps en temps et je l'accompagnais. Il n'y avait pas d'autre alcool à la maison.

Gray sentit l'émotion affleurer dans la voix d'Elias. Il hésita un court instant à s'aventurer plus loin.

– Il en boit plus ?

Elias saisit la tasse. Il approcha le nez au-dessus pour sentir l'alcool et reposa la tasse sans goûter.

– Il est plus de ce monde, dit-il.

– Désolé.

– C'est rien, tu ne pouvais pas savoir.

– Et… ta mère ?

– Partie, elle aussi.

– Décidément, j'ai mis les deux pieds en plein où il fallait pas.

– Je suis sûr qu'ils sont heureux, là où ils sont.

Gray attendit, puis il jeta un coup d'œil à la tasse d'Elias.

– Tu goûtes pas ?

Elias but une petite gorgée. Il sentit une coulée brûlante descendre dans son œsophage. La sensation n'était ni agréable ni désagréable, suffisamment neutre pour s'adapter au moment, permettre d'en approcher un autre. Peut-être.

– Alors ? demanda Gray.

– C'est fort, mais je préfère ça au vin.

L'Écossais hocha la tête en souriant, puis se resservit.

– Et si tu m'en disais plus sur les Montvert ? fit Elias.

Le visage de Gray se repeignit instantanément de sérieux.

– T'as bien photographié les lieux ?

– Je crois.

– Bon, il va falloir remonter pas mal d'années en arrière, même si ceux qui semblent t'intéresser, c'est les derniers du nom, pas vrai ?

– Remonte jusqu'où il sera nécessaire.

L'Écossais faisait tourner la tasse dans sa main. Il rassembla ses idées et, sans lever les yeux, il dit :

– La région était infestée de loups jusqu'à une époque pas si lointaine. C'est pour ça que le village s'appelle La Croix du Loup. Faut croire que les gens qui l'ont baptisé ainsi trouvaient qu'il y avait quelque chose de religieux dans leur présence ici. Le dernier aurait été abattu par Gilles de Montvert, dans les années quarante. Gilles, c'était le père. De son temps, les affaires du château tournaient plutôt rond. Et puis tout a basculé quand sa femme est morte en couche à la naissance de Philippe. Il s'est jamais remarié. Il était proche de l'aîné, Charles, quant à Philippe il lui trouvait guère de qualités. C'était à cause de lui que sa femme était morte, et ça, il pouvait pas le lui pardonner. Il lui parlait comme à un animal. C'est ce que Philippe a fini par devenir, une bête sauvage guidée par ses instincts.

– Et Charles ?

– Charles était intelligent et cultivé. Il passait de

longues heures dans la bibliothèque du château, ou penché sur les livres de comptes. Lui et sa sœur étaient très proches.

– Il y avait une sœur ?

– Oui, née deux ans après Charles, apparemment un beau brin de fille. Mais arrête de me couper, sinon je vais perdre le fil.

– D'accord.

– Bon, la seule passion que Philippe et son père avaient en commun, c'était la chasse. Pas n'importe laquelle. Ils partaient à cheval tôt le matin pour pister le gros gibier avec une meute de beagles. Le jeu consistait à pousser la bête dans ses derniers retranchements, jusqu'à l'épuisement. Une fois acculé, le père ou son cadet descendaient l'achever à la dague, chacun son tour. Ils avaient la même façon de voir les choses à la chasse, le seul moment. Le père avait simplement plus de style. Quand venait son tour, il lui arrivait parfois d'épargner l'animal s'il s'était bien battu. Philippe, jamais.

– ET PUIS IL Y A EU CET ÉVÉNEMENT. C'était en 1970, un jour de décembre. La partie de chasse a tourné au drame. Philippe est rentré, traînant le cheval de son père par la bride. Le cadavre de Gilles était affalé sur le dos de l'animal, comme un vulgaire sac de grains. On aurait dit que le cheval avait été peint en rouge, tellement le sang avait coulé sur sa robe, à ce qu'on raconte. Le fils a toujours maintenu que son père avait voulu achever un sanglier, un vieux solitaire qu'ils traquaient depuis des semaines. Gilles de Montvert n'avait pas eu le dessus, cette fois-ci. Le sanglier l'avait éventré à coups de défense, se serait même acharné, sans que Philippe ait l'occasion d'intervenir, selon sa version des faits. J'utilise le conditionnel, parce que l'histoire est pas aussi claire qu'il y paraît. À soixante ans, le père avait une grande expérience et un sacré paquet de trophées à son actif. Il était loin d'être décati. Au village, on a pensé qu'autre chose était à l'origine de la mort de Gilles de Montvert et que son fils y était pas étranger. Mais y avait qu'une seule personne qui connaissait la vérité, et elle a jamais donné d'autre explication que la charge désespérée d'un vieux sanglier solitaire pour sauver sa peau. On a enterré Gilles de Montvert, et les enfants se sont retrouvés seuls au château.

« C'est à partir de ce moment-là que les choses se sont vraiment gâtées entre les deux frères. Il faut dire que personne aimait Philippe, pas plus au château qu'au village. Il continuait de battre la campagne à dos de cheval et il s'est aussi mis à sérieusement picoler. Il s'occupait pas beaucoup de la marche de la propriété. Le père avait laissé un peu d'argent, et avec sa part d'héritage il s'est fait construire le pavillon que tu as vu tout à l'heure. De là-bas, il pouvait observer ce qui se passait et utiliser les écuries à sa guise, sans être obligé de croiser son frère et sa sœur.

Gray but une gorgée et une autre.

– Les choses ont dû s'apaiser ? demanda Elias.

– S'apaiser ! Ça a pas duré bien longtemps. Les trois s'adressaient presque pas la parole. Et puis, il y a eu l'épisode de la vente des bêtes qui a transformé le mépris en haine. À l'époque, Philippe avait plus un rond. Il a contacté un marchand de bestiaux, sans avertir les deux autres. Il a profité d'une journée où ils étaient partis faire des courses en ville pour vendre trente têtes de bétail et empocher l'argent. Il avait préparé son coup longtemps à l'avance. Quand Charles est rentré et qu'il a appris ce qui s'était passé, il est sorti de ses gonds et lui a ordonné de partager. Sauf que les ordres, Philippe, il avait jamais obéi à un seul. Il était aux anges de voir son frère dans cet état. On aurait cru que c'était ce qu'il avait toujours voulu : en arriver à l'affrontement. Il l'a regardé en se marrant et lui a dit qu'il avait pas besoin de son accord pour faire ses affaires. Ils en sont venus aux mains. Philippe était bien plus costaud que son aîné. Charles a pas résisté longtemps.

Gray crispa ses mains autour de la tasse, puis laissa un silence se promener et desserra son étreinte.

– Cette partie-là, c'était Philippe qui l'avait gagnée. La colère s'est mise à ronger Charles. Il était bien plus intelligent que son frère, plus malin, et plus patient, aussi. Dès ce moment-là, il a commencé à échafauder un plan pour déposséder son frère. Comme l'autre entrait jamais dans le château, il s'est mis à vendre en cachette tous les objets de valeur de la famille dans des ventes aux enchères. Il paraît que ça représentait une petite fortune. Il a pas touché aux terres ni aux bêtes pour pas mettre la puce à l'oreille de son frère. De toute façon le château et le domaine pouvaient pas être cédés sans l'accord de la fratrie. Une fois que Charles eut accumulé son pécule, il a décidé de partir. Il voulait surtout pas être dans les parages quand son frère découvrirait le pot aux roses.

– Ce départ… vous voulez parler de son voyage pour les États-Unis ?

– C'est ça.

– Mais alors, il l'a rencontrée quand, sa femme ?
– De quelle femme tu parles ?
– Celle avec qui il vivait à Eden Creek, Estelle.
– T'as pas encore compris ?

– COMPRIS QUOI ?

Gray prit une longue inspiration, puis, d'un ton solennel, il dit :

– Estelle, c'était la sœur de Charles et de Philippe.

Elias eut un mouvement de recul et posa ses mains à plat sur le banc pour ne pas basculer. Il avait la sensation qu'on venait de l'immerger dans de l'huile bouillante. Gray, qui ne le regardait pas, ne s'aperçut pas du changement.

– Charles et Estelle de Montvert vivaient comme un couple. Y a aucun doute à ce sujet. Et ils étaient apparemment pas adeptes de la chasteté, on l'a compris plus tard. À l'époque, on soupçonnait des choses qui allaient dans ce sens, mais personne pouvait rien prouver. Et puis, ils étaient les « Montvert », avec le statut qui va avec le titre.

Gray leva les yeux sur un Elias désemparé. Elias aurait voulu que l'Écossais s'arrête un instant de parler, le temps de reprendre son souffle.

– Ça t'en bouche un coin, mais attends, t'es pas au bout de tes surprises… Au moment où le château a été vendu, après la mort de Philippe, les nouveaux propriétaires ont fait une drôle de découverte. Ils voulaient réaménager le parc et il y avait cet immense cèdre qui menaçait de s'effondrer depuis la tempête de quatre-vingt-dix-neuf. Ils ont demandé à un bûcheron du coin de l'abattre et d'arracher la souche. Quand il s'est mis à la déchausser avec une minipelleteuse, il est tombé sur des ossements, des ossements qui glaceraient le sang de n'importe qui : des petits squelettes de bébés… On en a reconstitué quatre au total. Les fruits de la relation coupable d'Estelle et de Charles, évidemment.

Gray se tut. Elias porta la main à sa bouche. Il était incapable de parler, ou d'en entendre davantage. Aucune information supplémentaire n'était en mesure de passer les parois de son crâne. Une onde prit naissance dans son ventre, la sensation que des osselets se baladaient dans ses entrailles, percutant au passage les organes au rythme des contractions. Il eut envie de vomir, mais rien ne sortit. Il se concentra sur sa respiration, pour tenter d'oxyder son dégoût, paralysé qu'il était, pendant que Gray l'observait incrédule, conscient de sa panique.

– Ça va pas, Greenhill ?

Elias rameuta le peu de volonté qui lui restait pour répondre.

– J'ai dû prendre froid.

– Il fallait te reposer. On reprendra demain, si

tu veux, maintenant que les morts sont réveillés. Tu aurais peut-être dû prendre des notes, pour ton bouquin.

Elias n'émit aucune objection. Il se leva et sortit au-devant de la pluie, sans dire un mot. Il s'attarda longtemps dehors, insensible aux gouttes qui le frappaient.

Le jour n'était pas encore levé. Elias dormait profondément quand Papa Tulssa s'était mis à le secouer. L'enfant ouvrit les yeux et, dans son demi-sommeil, il aperçut l'Indien penché au-dessus de lui, le visage éclairé par la flamme effilée d'une bougie incendiant son menton. La vision l'effraya et il eut un mouvement de recul, avant de reconnaître Papa Tulssa.

– Qu'est-ce qui se passe, quelle heure il est ?

– Suis-moi, dit l'Indien d'une voix ferme et sans hausser le ton.

– Où on va ? Quelque chose est arrivé ?

– Arrête de poser des questions et lève-toi.

– Tu me fais peur, Papa, où est Mama, d'abord ?

– T'occupe pas d'elle.

– Je bougerai pas tant que tu m'auras pas dit où elle est.

– T'inquiète pas, elle dort. On a une chose à régler cette nuit, juste toi et moi.

Elias s'assit sur le rebord du lit. Papa Tulssa portait un simple pagne, avec un petit sac en peau accroché par un lien en cuir, un de ceux que les Indiens utilisaient depuis toujours pour y enfouir leur médecine ; et sa peau cuivrée avait pris une étonnante couleur grise qui lui donnait un teint sépulcral. Une plume de rapace émergeait de ses longs cheveux et la pointe balayait son épaule droite lorsqu'il bougeait la tête. Un moment, Elias pensa qu'il rêvait. Il tendit une main en direction de Papa Tulssa et rencontra un visage dur et impassible creusé de canyons de chair aux rebords abrupts. Il la retira aussitôt. Après ce contact inconfortable, il observa la paume de sa main, colorée d'une substance semblable à de la craie.

– Y a plus de temps à perdre, dit l'Indien.

Elias se leva. Il ne portait qu'un caleçon et voulut attraper ses vêtements.

– Pas la peine de t'habiller plus.

Papa Tulssa souffla la flamme de la bougie, puis saisit Elias par le bras et l'entraîna hors de la maison sans le lâcher. La nuit était encore profonde et chaude. Ils traversèrent le chemin et rejoignirent la forêt. La lune projetait ses rayons sur eux, prenant leurs silhouettes pour cible entre les ciseaux de la nuit. Les branches des arbres déchiraient parfois la lune et disparaissaient dans d'obscurs sables mouvants. Quelques détails suintaient de ce tout suffisant, une dissonance vite happée par les ténèbres. L'Indien progressait avec une assurance animale. Il traînait

Elias dans son sillage, évitant les obstacles aussi aisément qu'en plein jour.

Elias n'aurait su dire depuis combien de temps il marchait lorsque Papa Tulssa s'arrêta au milieu d'une clairière.

– À partir de maintenant, tu ne dis plus rien, d'accord ?

En nage, le garçon acquiesça. Il reprit peu à peu son souffle. Même dans le noir, il lui semblait connaître l'endroit où il se trouvait, un endroit familier composé des mêmes couleurs que sa palette intime. Il avait peur, et il était fatigué et quasi aveugle. L'Indien demeurait muet, le regard planté droit devant. L'enfant se raccrochait à la confiance qu'il avait toujours eue envers lui. Ses yeux commençaient à s'accoutumer à la pénombre. Papa Tulssa lâcha son bras et glissa une main dans le sac en peau fixé à sa taille. Un nuage cendré s'éparpilla dans l'air lorsqu'il ressortit sa main et il la suspendit un instant tel un sortilège. Il se mit ensuite à genoux face à Elias, arrimé maladroitement au sol et ballant comme une broussaille dans le vent, puis entreprit d'enduire le petit corps avec la substance crayeuse d'une main douce et assurée.

Ne pas parler.

Une fois qu'il eut terminé son rituel, l'Indien ordonna à l'enfant de ne plus bouger. Il s'éloigna de quelques pas, s'assit en tailleur au pied d'un arbre en bordure de la clairière, et sembla s'assoupir.

Ne pas bouger, ne pas parler.

La poudre se solidifiait sur la peau d'Elias et formait une croûte en se mélangeant avec la sueur. Il ne ressentait aucune gêne dans ses membres, aucune douleur dans ses articulations figées. Sa vue se régla sur la longueur d'onde de la nuit. Ses muscles se détendirent. Il ne savait pas ce que Papa Tulssa attendait de lui, mais se sentait protégé. La peur disparut.

Et il apparut.

Le loup rencontré la veille émergea de l'obscurité sans un bruit et s'avança lentement vers Elias. Ni l'un ni l'autre ne détournèrent leur regard vers Papa Tulssa. L'animal s'approcha de l'enfant, puis s'arrêta, si près que sa respiration ressemblait à des coulées de neige butant sur la brûlure du corps d'Elias. Sans aucun effort de concentration, l'enfant accorda le rythme de son souffle sur celui de la bête, désormais immobile, de sorte que l'affrontement de la neige et de la brûlure se mua en une parfaite harmonie.

Ressentir.

Le loup promenait son regard sur l'enfant. Il toisait cet être symbiote nécessaire à la vie de tous les autres, comme s'il venait de l'adouber pour qu'il en soit ainsi. Brusquement, l'animal fit volte-face et s'évanouit dans la forêt, tel un buisson de fumée. L'enfant s'effondra sur le sol, les cendres de la rencontre partout dans son corps.

Papa Tulssa sortit de sa torpeur. Son visage était paisible. Il se leva, marcha vers Elias et le prit dans ses bras. Il le ramena à la ferme et le coucha, toujours inanimé, dans son lit.

Quand Elias se réveilla au matin, il sut que quelque chose était en lui, une force supplémentaire qui n'y était pas la veille. Un court instant, il pensa qu'un rêve pouvait produire un tel effet, mais quand ses yeux se posèrent sur ses bras recouverts d'une pellicule déliquescente, il n'eut plus aucun doute.

Papa Tulssa ne parla jamais de ce qui s'était passé cette nuit-là et Mama Tulssa fit mine de ne rien savoir de cette affaire d'homme. Elias ne ressentit pas le besoin de se confier, persuadé que les mots, quels qu'ils soient, écorcheraient l'unisson de la rencontre avec le loup, et qu'ils ne parviendraient qu'à détruire une sorte de fusion universelle à laquelle il ne fallait plus toucher. Il se sentait accepté par ce monde et aussi nécessaire que chacun des filaments constituant un câble, ni plus, ni moins.

Pourquoi Elias se remémorait-il cette expérience au moment précis où sa propre histoire lui échappait une nouvelle fois ?

Il n'était rien, ici. Elias de Montvert n'existait pas, n'avait même jamais existé, et Elias Greenhill n'existait plus nulle part en ce monde. Il avait suffi de quelques jours seulement pour qu'il devienne un homme sans identité, une racine sans terre pour s'y ancrer. Pour la première fois, il songea au futur, à ce qu'il allait faire de cela, à ce qui adviendrait de lui. Gray ne lui avait pas encore tout raconté. Il restait à apprendre les circonstances de la mort de Charles et d'Estelle de Montvert, ses parents.

Qui étaient vraiment ces gens ?

À quelle réalité appartenaient-ils ?

Étaient-ils partis pour vivre librement leur amour, là où personne ne les connaissait ?

Dehors, la pluie se remit à tomber. De grosses gouttes d'eau se fracassaient sur les vitres, telles de petites météorites surgies de l'espace. Le bruit obsédant des impacts traversait l'atmosphère du gîte pour venir pilonner le front d'Elias. Ça le rendait fou et il ne pouvait rien faire pour que ça s'arrête. Si seulement Modoc était là, il aurait giflé l'air sur son dos, jusqu'à épuisement, tenté de repousser les révélations, de briser les entraves qu'on venait de lui imposer.

Il comprit pourquoi le souvenir de sa rencontre avec le loup lui était revenu. La seule façon de fuir ce qu'il venait d'apprendre, tout au moins de le mettre un peu à distance, était de mêler de nouveau la respiration de l'animal à sa propre respiration.

Elias maudissait son voyage, et la nuit ; son voyage, car il avait eu le choix de ne pas l'entreprendre ; la nuit, car il ne pouvait rien faire contre elle. Les étoiles et la lune n'étaient nulle part. Elias avait beau chercher au-delà des carreaux de la fenêtre, il ne distinguait qu'une obscurité de suie, et pas le moindre fragment doré pour racheter son désespoir. Il sentait son cœur se déliter à l'intérieur de son corps, et il ne savait pas s'il parviendrait un jour à revenir à un état légitime d'homme. Peut-être que le loup, surgi de sa mémoire, allait l'y aider.

Les Nez-Percés n'avaient encore rencontré personne. Leur fuite n'avait même pas été découverte. Le colonel Nelson Miles avait pensé que d'éventuels fuyards se dirigeraient vers le nord, pour rejoindre Sitting Bull au Canada, mais certainement pas vers le sud, d'où ils venaient.

Dès les premiers instants, une alliée était venue en aide aux Indiens. La neige, empressée de recouvrir les traces.

Les fusils et les canons s'étaient tus depuis longtemps, mais les détonations, les explosions et les cris des mourants résonnaient encore dans les têtes. Il en était ainsi et il en serait toujours ainsi chez les survivants déracinés et traqués par l'homme blanc. Tous revivraient le massacre jusqu'à leur dernier souffle, une balle sertie dans le cœur. Ils n'oublieraient jamais ce dont était capable un être humain, ce qui pouvait le définir hors du champ paisible des grandes plaines sauvages qu'ils avaient eu le tort de croire éternelles.

Ce soir-là, Eden Cloud avait pour la première fois autorisé que l'on allume des feux, et il était assis près des flammes en compagnie du vieux Standing Wolf. Les femmes cuisinaient le cerf qu'on avait tué au matin et les enfants patientaient, le ventre creusé par les jours de disette.

Eden Cloud ne savait pas ce qu'il était advenu de sa sœur, de son père, pas plus que d'Ollokot, de Toohoolhoolzote, de Poker Joe, de White Bird et de Looking Glass, les fiers chefs de la nation décimée des Rêveurs. Qui avait survécu à l'extermination programmée ? Étaient-ils tous morts ? Eden Cloud tendit un bras en avant et refoula ses mauvaises pensées dans les flammes afin qu'elles n'affaiblissent pas sa détermination. Standing Wolf perçut l'ampleur du geste, la mission de conduire son peuple vers un peu de paix, s'il en existait quelque part. Le vieux sage ne savait pas s'il parviendrait au bout de la route. Tant qu'il en aurait la force, il ne faillirait pas, et son visage aux traits gelés ne trahirait pas son épuisement, ni même ses doutes. Parfois sa douleur s'exprimait, rencognée, invisible dans l'obscurité.

Depuis leurs postes d'observation, tout au long de la crête vertébrale, les guetteurs virent naître des feux à l'endroit du campement. Ils apercevaient les silhouettes abrasées par les halos lumineux, essayant de deviner l'identité de tel ou telle, comme par jeu, dans l'attente qu'on vienne les relever pour descendre se réchauffer à leur tour, et manger.

Légèrement à l'écart, ainsi que chaque soir, Black Bird s'apprêtait à veiller la dépouille de Wild Grass. Il lui parlait en rêve, peignant ses cheveux pour en retirer la poussière.

ELIAS NE DORMIT PAS DE LA NUIT. Il tenta maintes fois d'ordonner les pièces du puzzle que Gray avait placées dans sa main. Il s'appelait en réalité Elias de Montvert et il était le fruit d'un inceste. Deux pièces qui ne trouvèrent jamais leur place cette nuit-là. Instinctivement, il sentait qu'il y aurait d'autres révélations et que l'ampleur du puzzle était immense.

Il essaya de retourner mentalement à Eden Creek, d'atténuer ainsi une souffrance nourrie des multiples mensonges qu'on lui avait servis depuis son enfance. Il en voulut à Papa Tulssa d'être parti trop tôt, à Mama Tulssa de lui avoir révélé ses origines et de l'avoir jeté sur la route pour soulager sa conscience avant de mourir. Il songea à ce que serait son existence s'il était resté l'Elias Greenhill habitant une vallée du Montana, là où vivait Elisa Hobson, où l'attendait son cheval, piaffant d'impatience dans le box des Drumm. Peut-être aurait-il été enfin prêt à s'engager dans une folle course qu'il savait perdue d'avance. Elias rebondit sur les souvenirs. Devenu étranger au pays qui l'avait vu grandir, et de l'autre côté de l'océan, un vagabond aux racines fragiles.

Il remonta en des temps qu'il n'avait pas vécus. Le martèlement des tambours parfuma la nuit de sonorités venues du fond des âges, un temps où les bisons foulaient de leurs sabots la plaine immense, où le troupeau se déversait en torrent ; un temps où les Indiens se mettaient en chasse le cœur fleuri, se mêlant aux flots en furie un arc tendu entre leurs mains, prêts à décocher leurs flèches. Chacune de ses veines accueillit les coups de boutoir de son sang qui affluait au rythme des tambours frappés par d'invisibles mains. Les morts étaient capables d'aider les vivants à retourner en terre promise, et peu importe s'ils y perdaient leur illustre statut d'ancêtres. Elias avait toujours foulé cette terre, sans jamais songer à dessiner les frontières de son territoire. Il tint les accords une nuit entière, par la seule force de sa volonté, et au matin la musique s'était tue.

Il se déshabilla et alla prendre une douche. La froideur du jet le saisit, lui coupa la respiration durant quelques secondes. Il n'ouvrit pas le robinet d'eau chaude et laissa son corps s'accoutumer. Il demeura ainsi de longues minutes, puis ferma le robinet, s'essuya avec une serviette rêche qui sentait le tabac froid, se vêtit et sortit du gîte, soulagé par la lumière du jour.

Un couple de pigeons semblait discuter, perché sur un liteau cloué entre deux piquets, dont les extrémités étaient coiffées de boîtes de conserve vides. L'installation ne semblait pas avoir d'autre utilité que celle d'accueillir les oiseaux. Elias tenta de dénouer son ventre en invitant un supplément d'air à danser à l'intérieur de ses poumons. Les sensations revinrent peu à peu et il se mit à percevoir de nouveau le monde autour de lui.

Il longea le puits, s'arrêta et posa une paume sur la mousse gorgée d'eau. Il entendit la voix de Gray qui provenait de la maison. Elias approcha jusqu'à la porte. L'Écossais ne semblait pas parler à son chien. Les intonations montaient et descendaient, comme quand on veut faire admettre un point de vue à quelqu'un qui défend le contraire. À part le Lada et le Chevrolet, il n'y avait aucun autre véhicule dans la cour. Elias en déduisit que Gray était au téléphone. La distance et le débit accéléré empêchaient Elias de saisir le sens de la conversation, juste quelques mots, qui ressemblaient à des mises en garde. Enfin, le son de la voix de Gray s'atténua. Il avait dû s'éloigner. Elias entendait des bruits métalliques qu'il ne parvenait pas à identifier. Puis la voix reprit en intensité et en force, devint colère, avant le silence brutal. La porte s'ouvrit brusquement et Gray apparut, surpris de trouver Elias sur le palier. Ses yeux brillaient et les rides de son front ressemblaient à des vagues en mouvement. Elles révélaient la tension qui imprégnait tout son être.

– Qu'est-ce que tu fous là ? T'écoutes aux portes, maintenant ?

– Bien sûr que non, je t'ai entendu parler, j'attendais que tu aies terminé pour entrer.

– Faut que j'aille soigner mes chevaux, on prendra un café après, dit l'Écossais sur un ton plus calme. Tu me donnes un coup de main ?

– Pourquoi pas.

Gray traversa la cour à grandes enjambées. Help virevoltait autour de lui. Il fit glisser le verrou d'une lourde porte à deux battants. Elias entendit des hennissements et des frissons l'envahirent, convoyant plaisir et nostalgie. Il entra à la suite de Gray. Au fond de l'écurie, deux grands chevaux bruns secouaient leur tête par-dessus les bardeaux d'un box. Gray présenta une main, leur parla. Il se mit à les caresser, sa main allait et venait alternativement sur le chanfrein de chaque animal. Elias se tenait en retrait, évaluant les chevaux. Leurs yeux lançaient des éclairs dans sa direction. Les muscles de leurs croupes roulaient sous le cuir imprégné de sébum. La jument jeta ses pattes postérieures dans le vide et s'ébroua. L'Écossais leva le bras en l'air.

– Tout doux, ma belle, il ne te veut aucun mal.

La jument revint se frotter à la main de l'Écossais.

– Pas vrai qu'ils sont beaux ? dit Gray en se retournant vers Elias.

– Magnifiques.

– Approche.

Elias obéit. Il fit glisser une paume sur le poitrail du cheval le plus docile et l'autre sous la gorge du second. L'animal récalcitrant renâcla et recula. Elias se mit à lui parler dans la langue des Rêveurs et le cheval vint timidement à sa rencontre pour se laisser caresser.

– On dirait que tu t'y connais en chevaux.

– Un peu.

– Un peu, répéta l'Écossais en esquissant un sourire. Le mâle s'appelle Otello et la jument, Mariet. Elle a son petit caractère.

– On a toujours eu des chevaux à la ferme où j'ai grandi. On les utilisait pour les travaux. J'avais même un Appaloosa à moi. Je le montais souvent.

– T'avais ? T'as pas l'intention d'aller le retrouver ?

– C'était pour dire.

– Comment il s'appelle, ton cheval ?

– Modoc.

– J'imagine que ça te manque, de pas le monter.

– C'est vrai qu'il me manque.

– Ça te dirait de chevaucher un de ceux-là ?

– Tu es sérieux ?

– Le temps de les laisser manger un peu de foin, et nous de boire un café. Ensuite je te fais faire une visite des alentours sur le dos d'Otello, il est moins facétieux que la jument.

– Tu ne peux pas me faire plus plaisir.

– Alors, dépêchons-nous, tant qu'il ne pleut pas.

Gray saisit une fourche et emplit de foin le râtelier. Elias l'observait. Il pensa que le moment était venu de l'interroger.

– Je peux te poser une question ?

– Dis toujours.

– Tout va bien ?

L'Écossais planta la fourche dans une balle de foin, le regard fuyant.

– Pourquoi tu me demandes ça ?

– Tu avais l'air plutôt tendu, tout à l'heure.

– Je te remercie de ta sollicitude, mais je vais bien. Allez, viens boire un café, avant de me faire regretter l'invitation.

ELIAS SELLA LUI-MÊME OTELLO. Les deux hommes guidèrent ensuite les chevaux par le licol jusque dans la cour. Gray engagea un pied dans l'étrier et l'enfourcha d'un seul coup de rein. Elias fit de même.

Ils traversèrent un premier enclos boueux, dans lequel était parquée une colonie d'une centaine de canards de Barbarie, et quelques oies, semblables à des bergers surveillant un troupeau. Les oies se mirent à crier, elles brassaient l'air de leurs ailes déployées et vinrent défier les intrus d'une démarche ridicule. Sans descendre de selle, Gray ouvrit un portail à l'autre extrémité de l'enclos et le referma après le passage d'Elias. Les oies s'agglutinèrent contre le grillage. Elles s'ébrouaient et criaient de plus belle, persuadées d'avoir chassé les intrus.

Les cavaliers étaient des habitués, et ça ne semblait échapper ni à l'un ni à l'autre, par de petites allusions qu'ils se balançaient, destinées à évaluer jusqu'où allait la connaissance de chacun en la matière. Ils s'engagèrent sur une prairie endormie, égayée par endroits de touffes de rumex ; elles indiquaient les zones où se décomposaient de vieilles bouses de vache desséchées. Ils ne se parlaient plus, attentifs à ne rien perdre des sensations qui les faisaient commensaux de cette nature accueillante et pacifiée. Elias laissa une de ces sensations approcher et l'envahir, une qui l'invitait à se sentir une forme en équilibre, égale à toutes les autres formes rassemblées au moment mystérieux de la création, quelque chose comme un ingrédient utile à la réalisation d'une recette. Comme si le lieu où il ressentait cela était constitué de tous les lieux à la fois, comme si le mouvement des planètes était incarné par la grâce animale des pas des chevaux sur les pâturins et entre les touffes de grande oseille, comme si prendre conscience de cet état était un miracle de commencement.

À l'autre bout du pré, sous une haie de grands chênes, une cinquantaine de têtes de bétail se tenaient serrées dans une parfaite illustration de l'instinct grégaire. L'Écossais immobilisa son cheval à l'entrée de la parcelle, au niveau d'une mangeoire à foin rouillée. Il prit appui sur les étriers, posa ses deux mains sur le pommeau sans lâcher la bride, et décolla de la selle. Il siffla à deux reprises en direction du troupeau. Les animaux levèrent nonchalamment la tête, meuglèrent et s'approchèrent de la clôture en trottinant. Les chevaux devinrent nerveux. Elias caressa l'encolure d'Otello pour l'apaiser.

– C'est mon cheptel que tu vois là : une trentaine

de mères, rien que de belles Limousines qui me fabriquent des broutards. Je les laisse dehors toute l'année à se nourrir d'herbe bien verte et de foin que je leur porte à la mauvaise saison. Ce régime fait la meilleure viande qui soit.

– J'en doute pas un instant.

– Allons-y, les chevaux ont pas de bonnes relations avec les bêtes à cornes, mais je t'apprends rien.

Sous un ciel de crépon, ils pénétrèrent dans la forêt. Une forêt qui était toutes les forêts à la fois ; où les essences ligneuses parlaient aux essences herbacées dans un langage souterrain, là où le sacrifice n'était pas un vain mot et où la mort était féconde. Elias se souvenait des paroles de Papa Tulssa qui rapportait celles de Tatanga Mani : « Sais-tu que les arbres parlent ? Oui, ils parlent. Ils se parlent entre eux et ils te parleront si tu prêtes l'oreille. Le problème des Blancs, c'est qu'ils n'écoutent pas. Ils n'ont jamais appris à écouter les Indiens, alors je doute qu'ils écoutent la voix de la nature. »

Elias était perdu dans ses pensées. Gray se porta à sa hauteur.

– On s'connaît à peine tous les deux, dit-il.

– Si c'est une question, on peut considérer que la réponse est oui, lança Elias au bout d'un moment.

– Je voulais dire que ça fait un bail que j'ai pas battu la campagne en bonne compagnie.

– Moi aussi, ça faisait longtemps.

L'Écossais descendit de cheval et attacha la bride à un gourmand de châtaignier. Elias en fit autant.

– Je reconnais que pour un journaliste, t'as l'air plutôt patient et à l'écoute. Et c'est pas l'idée que je m'en faisais avant de te rencontrer.

– Je suppose que tu vas devoir revoir ton jugement.

– Peut-être… ou peut-être pas.

Elias n'ajouta rien. L'Écossais n'en avait pas terminé avec sa démonstration et il comptait bien ménager ses effets. Tout en parlant, il caressait Otello sans regarder Elias. On avait l'impression qu'il s'adressait à l'animal.

– Je me trompe rarement sur les gens. Si je continue de considérer que les journalistes, c'est fouineurs et compagnie, je dois aussi envisager que t'es pas celui que tu prétends être, mon garçon.

– Et qu'est-ce qui te ferait croire ça ?

– Intime conviction, dit l'Écossais en tapotant l'arête de son nez de la pulpe du doigt.

– Peut-être que je suis pas un journaliste comme les autres.

– J'imagine que je dois me contenter de ça.

– Chaque chose en son temps, comme tu dis toi-même.

Gray dénoua la bride et remonta en selle. Ce qu'il avait à ajouter nécessitait manifestement une telle posture.

– Je m'en contenterai, alors, pour le moment.

Elias était persuadé qu'avouer qui il était vraiment, ou affirmer avec véhémence qui il prétendait être, procédait d'une même logique qui irait dans le sens de la conviction de l'Écossais, que ses paroles, quelles qu'elles soient, finiraient par le trahir tôt ou tard, et il n'était pas encore prêt.

Gray piqua doucement les flancs de son cheval du talon et fit claquer sa langue. Elias suivit. La forêt était calme et on entendait à peine le bruit des sabots amorti par les mousses et les pâturins. Ils chevauchaient maintenant côte à côte, perdus dans leurs pensées.

Ils arrivèrent en vue d'une petite clairière au milieu de laquelle trônait une grosse pierre dressée.

– Tu vois ça ? dit Gray.

– Qu'est-ce que c'est ?

– Un menhir. Il fut un temps où c'était des pierres qu'on plantait un peu partout, et pas des croix.

– C'est un lieu de culte ?

– Quelque chose dans ce genre, une cathédrale à ciel ouvert pour des dieux anciens que plus personne vénère. Les randonneurs viennent parfois se prendre en photo devant. Celui-là ou un autre, y en a beaucoup dans la région.

– J'ai pas l'intention de me faire prendre en photo, dit Elias en souriant.

– C'est heureux. Le dernier loup recensé dans la région a été abattu ici même par le vieux Gilles de Montvert, celui qui s'est fait tuer par le sanglier, tu te rappelles. Il paraît qu'il a fait empailler la bête et qu'elle est quelque part dans le château, sûrement à prendre la poussière. Je suis jamais allé vérifier.

– Il y a encore des loups, chez moi, dans le Montana.

– Vous êtes pas aussi décadents qu'on veut bien le dire en France, alors. J'aime venir là, c'est un peu comme si j'étais dans un lieu où les esprits me permettent de me rapprocher d'une forme de vérité.

– Je comprends. Une fois, mon père m'a emmené dans les Black Bird Mountains, là où les derniers Indiens Nez-Percés se sont fait massacrer par l'armée américaine. J'ai eu le sentiment de me laisser guider vers un territoire baigné de paix, alors que tant de sang y avait coulé et que tant de gens y étaient morts.

Les derniers mots s'étranglèrent dans la gorge d'Elias. Gray attendit un instant avant de demander :

– T'as du sang indien ?

– Mon père et ma mère l'étaient, je suppose que ça fait un peu de moi un Indien, dit Elias avec gravité.

– Fière nation opprimée, comme nous, les Écossais.

– Noble nation, noble sang.

Ils demeurèrent un long moment devant le menhir, puis ils rentrèrent par un autre chemin. Elias résista à l'envie de demander à ce que Gray lui raconte la suite de l'histoire des Montvert. Il savait que le temps n'était pas venu. Une fois arrivés à la ferme, ils dessellèrent leurs chevaux dans l'écurie, et les pansèrent.

– Cure-lui les sabots, et insiste bien sous l'antérieur droit, il a un petit défaut où s'accumulent les saletés, dit l'Écossais avant de tendre à Elias un vieux tournevis au manche enrubanné de chatterton.

– C'est un bon cheval.

– Tu pourras la monter elle aussi, quand t'en auras envie.

– Merci de ta confiance, j'attendrai que tu sois prêt pour faire une autre sortie.

Elias fit glisser une main le long de la jambe droite du mâle, qui lui présenta l'envers de son sabot. Il nettoya méticuleusement la fourchette avec la pointe du tournevis. Les soins terminés, ils attachèrent les chevaux, enlevèrent le fumier dans le box, garnirent le râtelier et firent entrer les bêtes.

– Faut que je te demande un grand service, dit Gray tout en regardant les animaux manger, accoudé au bardeau supérieur.

– Je t'écoute.

– Je vais devoir m'absenter quelques jours. J'aimerais que tu t'occupes de mon chien, des chevaux et de tout le reste pendant ce temps-là.

– Tu te souviens qu'on se connaît à peine ? Tu me ferais confiance ?

L'Écossais se tourna de côté et planta son regard dans celui d'Elias.

– J'ai pas besoin de beaucoup de temps pour jauger un homme.

– Tu pars quand ?

– Cet après-midi. Je suis conscient que c'est précipité, mais j'ai pas vraiment le choix.

– Pas la peine de te justifier.

– J'en avais pas l'intention.

Elias repensa à la conversation qu'il avait surprise le matin ; à coup sûr l'événement qui déclenchait le départ de Gray, un événement suffisamment important pour qu'il quitte la ferme et confie ses bêtes à un inconnu. Il ne lui demanda pas où il devait se rendre dans un délai aussi bref. Après tout, ça ne le regardait pas et rester seul ici quelque temps ne le dérangeait nullement. Il pourrait mettre de l'ordre dans tout ce qu'il avait appris au sujet de ce qu'il n'osait encore nommer sa famille.

– Tu devrais prendre le Chevrolet, ce sera plus confortable si tu dois faire de la route, dit Elias.

– Merci, je veux bien, c'est pas la porte à côté où je vais. Mon Lada risque de pas tenir le choc. J'en déduis que t'acceptes, alors !

– J'accepte.

Un large sourire illumina le visage de l'Écossais.

Gray montra à Elias comment s'y prendre pour nourrir les animaux en respectant un ordre précis. Il s'aperçut bien vite que son locataire avait des bases solides et ne put s'empêcher de faire une nouvelle remarque espiègle à ce journaliste décidément plein de ressources. L'Écossais mena ensuite Elias jusqu'à une remise où se trouvait un congélateur rempli de viande et de légumes, dans lequel il pourrait puiser à l'envi. Ils déjeunèrent ensemble et discutèrent de leur balade, des chevaux, et d'autres choses concernant la nature. Comment les hommes la traitaient dans le monde moderne ; les changements désastreux en train de s'opérer.

À l'issue du repas, le visage de l'Écossais devint grave et il se tut. Elias l'aida à faire la vaisselle puis à la ranger dans un bahut. Gray lui demanda ensuite de l'attendre. Il disparut derrière une porte et revint quelques minutes plus tard, une valise à la main.

– Il est temps de se dire au revoir. Je laisse ouvert, tu fais comme chez toi.

– D'accord, je m'occuperai de tout, ne t'inquiète pas.

– Je m'inquiète pas.

Ils sortirent dans la cour. Elias tendit les clés de sa voiture à Gray, qui le remercia. L'Écossais monta à bord du Chevrolet et ferma la portière au nez de Help, prêt à sauter sur le siège. Avant de démarrer, il baissa la vitre, cligna de l'œil et dit à Elias d'attendre pour écrire son article, qu'il avait encore pas mal de choses à raconter au sujet des Montvert.

Elias prenait grand soin des animaux. Help ne le quittait pas d'une semelle. L'animal le fixait parfois d'un regard triste qui semblait poser toujours la même question quant au retour de son maître. Elias occupa son temps libre à se promener à cheval ou à marcher.

Il se rendit jusqu'à la Dronne. Gray lui avait expliqué comment y aller, un soir qu'il s'était lancé dans un long récit de pêche. Elias entendit la rivière s'annoncer avant de la découvrir derrière un rideau de chênes, nerveuse et dominatrice. Le chant de l'eau le ramena à l'Eden River. Les rayons du soleil se posaient sur les crêtes du courant et ressemblaient à des libellules facétieuses. Sous la surface, on voyait des galets tatoués de traces noirâtres et des cladophoras ondulaient entre deux eaux. Elias s'assit sur un rocher qui dominait le cours d'eau, ce qu'il faisait souvent là-bas, afin d'observer les éclosions. Quel type de mouche serait susceptible d'être gobée par les magnifiques truites arc-en-ciel de l'Eden River ? On était en novembre et il ne surprit aucun poisson surgissant de sous une pierre, et pas le moindre insecte en équilibre précaire dans l'air. S'il restait suffisamment longtemps dans le coin, il demanderait à Gray de lui prêter une canne, il pourrait tenter de ferrer quelques truites.

Au retour de son périple, il passa au bourg de La Croix du Loup boire une bière au bistrot. Il n'y avait personne au bout du comptoir. Une odeur anisée emplissait le bar, ce qu'on remarquait en y entrant, ce qu'on oubliait en y restant un peu. Peyrac demanda à Elias s'il était bien installé chez l'Écossais. Lorsque Elias tenta de poser une question à propos de la famille de Montvert, le cafetier se renfrogna et se retrancha derrière la barrière de la langue. Il n'avait qu'à interroger John Gray, qui savait tout ce qu'il y avait à savoir sur les vieilles histoires de la région qui ne le concernaient pas, lui. Puis, Peyrac ouvrit un tiroir et sortit une pile de feuilles, un stylo, ainsi qu'une calculatrice, et chaussa des lunettes arrimées à un cordon.

Voyant qu'il n'obtiendrait aucune information supplémentaire, Elias tourna le dos au comptoir et sirota sa bière. Son regard voyageait sur les tables, les chaises en bois, un baby-foot déglingué et sur le flipper où gesticulait Green Lantern aux prises avec un supervilain. Lorsqu'il eut fini son verre, il déposa une pièce de deux sur le zinc, sortit et salua le barman. L'autre lui répondit d'un mouvement de tête, sans lever les yeux de ses comptes.

Elias s'en alla rôder aux abords du château et un malaise s'empara de lui. Avec ce que lui avait raconté Gray, les lieux prenaient désormais une autre dimension, comme s'il pouvait distinguer les empreintes des gens qui avaient vécu ici et qu'il était en mesure de les débusquer. À tout moment il s'attendait à voir apparaître Philippe de Montvert sur son cheval, en train de haranguer sa meute de chiens reniflant une piste. Elias voyait à travers les murs : Charles de Montvert, assis dans un fauteuil de la bibliothèque, occupé à feuilleter un ouvrage savant, pendant qu'Estelle souffrait en silence. Il n'eut pas conscience de demeurer aussi longtemps entre les piles du portail, car même si son corps s'y trouvait bel et bien, son imagination, elle, était dans le parc, et dans chacune des pièces du château, à l'intérieur des bâtiments annexes, dans cette tour sur laquelle revenait inlassablement buter son regard, sans qu'il en devine la raison.

– Il faut pas rester là, c'est une propriété privée !

La voix fit sursauter Elias. Il n'avait pas vu arriver le type qui lui faisait désormais face, accompagné d'un doberman effilé comme une dague. Il reconnut immédiatement le client du bistrot rencontré le jour de son arrivée. L'homme s'était exprimé en français. Elias comprit sans difficulté le sens de l'invective. Il fit mine de s'excuser, et tourna les talons sans insister davantage. Il entendit le type qui parlait à son chien : « Encore un qui veut le voir. »

Elias longea le mur d'enceinte. Il se retourna et

aperçut le vigile qui s'était avancé sur la route et le toisait en tenant son chien par le collier. Plus tard, quand Elias longea de nouveau le portail, il n'y avait plus personne. Le chien aboyait et grognait au fond du parc. Elias imagina qu'on l'entraînait à l'attaque et pria pour ne jamais avoir la bête à ses trousses.

Il passa la soirée à se préparer un dîner de roi – travers de porc et pommes de terre rissolées –, et s'installa au coin du feu pour manger. Il tenta de se cloîtrer dans une bulle, mais se rendit vite compte que, où qu'il engage ses pensées, il finissait toujours par deviser avec le diable. Il aurait aimé que Gray soit là, afin que la conversation s'équilibre.

Il était 17 heures. Cela faisait deux jours que Gray était parti. Elias buvait une tasse de café, assis sur le rebord du puits. Help furetait près de l'écurie à la recherche de morceaux de crottin tombés de la brouette. L'obscurité épaississait, le froid était vif et sec. Un ciel clair et l'absence de vent annonçaient du gel pour la nuit à venir. Elias s'apprêtait à rentrer au chaud quand Help releva brusquement la tête et se mit à aboyer. Il fixait le portail grand ouvert en frétillant. Un bruit de moteur se fit entendre, adagio déstructuré produit par les changements de vitesse. Le son enfla, jusqu'à ce qu'une calandre allumée se matérialise et qu'un véhicule s'arrête dans la cour, à moins de cinq mètres d'Elias. Les phares l'éblouissaient et il ne parvenait pas à distinguer l'Écossais derrière le pare-brise embué. Le moteur et les phares s'éteignirent en même temps. Help se précipita sur la portière du conducteur. Gray accueillit la fête de son compagnon à grand renfort de caresses. Elias était prêt à dire un mot de bienvenue lorsque la portière côté passager s'ouvrit. Une jeune femme descendit du Chevrolet sans prêter attention à lui. Elle demeura un instant immobile, un sac de voyage à la main, évaluant les alentours, comme quelqu'un qui regrette déjà d'être là. Plutôt grande, vêtue d'un jean déchiré au genou droit et d'une veste en cuir brun.

Gray fit trois pas en avant.

– Je te présente ma fille, Suzanne.

– Bonjour, fit Elias en dévisageant la jeune femme d'un air surpris.

– Elle va rester quelque temps ici.

La fille observa Elias sans un mot, puis elle se dirigea vers la maison. Il sembla à Elias qu'elle boitait légèrement. Elle claqua la porte derrière elle. Les deux hommes se détaillèrent comme s'il y avait lieu de se convaincre de quelque chose qui allait changer leur vie à des degrés différents et sur des longueurs d'onde différentes, une présence avec laquelle ils allaient devoir composer. Chacun épiait ce qui se passait dans la tête de l'autre, et il paraissait évident que les véritables préoccupations étaient dans le camp de l'Écossais.

– Fais pas attention, elle est un peu perdue.

– Pas de soucis.

– Je suis allé la chercher à Paris, à l'aéroport. Heureusement que tu m'as prêté ta bagnole pour faire l'aller-retour. T'as pas eu de problème pendant mon absence ?

– Non, tout s'est bien passé… Pourquoi tu m'as pas dit que tu allais chercher ta fille ?

– Jusqu'à ce qu'elle descende de l'avion, j'étais pas sûr qu'elle vienne.

– Elle vit en Écosse ?

– Ouais.

– Je croyais que tu n'avais plus de famille là-bas.

– J'ai dit ça, moi ?

– À moins que j'aie mal compris.

– Je t'expliquerai plus tard. Je suis crevé, il faut que je me repose un peu.

Gray ouvrit le coffre et attrapa sa valise. Help ne le quittait pas.

– À tout à l'heure, dit-il.

– Je dînerai seul ce soir.

– Qu'est-ce que tu racontes ? dit Gray, comme si on venait de lui marcher sur un pied.

– Je suppose que vous avez besoin de vous retrouver tous les deux.

– Tu supposes mal. On se voit un peu plus tard autour d'une omelette aux cèpes dont tu me diras des nouvelles.

– T'es sûr ?

– Je suis sûr.

Elias termina son café, désormais froid, et déposa la tasse sur le rebord du puits en écoutant cliqueter le moteur.

En attendant le repas, Elias se rendit à l'écurie. Il garnit les râteliers et discuta avec les chevaux. Même à cette heure avancée de la journée, Otello piaffait, toujours disposé à manger les distances. Elias lui promit une virée dans la campagne le lendemain, mais cela ne calma guère l'animal. Allongée au fond du box, Mariet ruminait paisiblement. Sa robe brillait dans la pâle lueur et ses yeux ressemblaient à des tessons de verre aux bords polis. Elias apprivoisait son regard quand un courant d'air s'engouffra dans l'écurie. La jument se leva brusquement et s'approcha de la porte du box en hennissant. Otello détourna la tête en direction de l'entrée, comme si Elias n'existait plus.

– Je suis parti seulement deux jours, et ils me manquaient déjà.

Gray s'avança jusqu'à l'angle des box, puis il tendit les bras pour caresser les chevaux en même temps.

– Je m'en suis bien occupé, dit Elias.

Gray remarqua le foin dans les râteliers, le pelage lustré des chevaux et le tournevis qui n'était pas à la même place.

– Sûr qu'ils ont pas l'air de se plaindre de toi. Bon, tu viens manger ? J'ai une faim de loup.

La table était mise. Deux couverts. Elias ne posa pas de questions. Gray mit une poêle à chauffer sur le fourneau et y versa de la graisse de canard. Il cassa huit œufs dans un saladier, les sala et les poivra, puis il battit le tout avec une fourchette. Il ouvrit ensuite un bocal de cèpes, les éparpilla dans le saladier et fit couler le mélange dans la poêle où crépitait la graisse.

Concentré, l'Écossais touillait fréquemment l'omelette afin qu'elle n'attache pas. Une fois satisfait, il invita Elias à servir le vin pendant qu'il remplissait les assiettes. Ils burent une première gorgée. L'Écossais épia la réaction de son invité.

– Alors ?

– Je le préfère à l'autre.

– Tu vas finir par plus pouvoir t'en passer. Allez, mange tant que c'est chaud !

Elias félicita Gray pour son omelette. Il raconta qu'il s'était rendu au bord de la rivière, mais ne parla pas du château. La dernière bouchée engloutie, Elias ne put se retenir davantage de poser des questions sur la fille de Gray. L'Écossais prit un air grave et éluda la première tentative. Plus tard, le vin aidant, il précisa seulement que son ex-femme ne pouvait pas s'en occuper en ce moment et qu'il n'avait eu d'autre choix que de la *récupérer*. Il ajouta que sa fille n'avait pas un caractère facile, que les chiens ne faisaient pas des chats. Elias résista à l'envie de demander s'il parlait de lui ou de son ex. Deux choses l'interpellaient : l'Écossais n'était pas homme à aimer se retrouver devant le fait accompli, et Suzanne avait plus de vingt ans. Elle aurait dû être capable de subvenir à ses besoins. Il n'apprit rien de plus.

La jeune femme n'apparut pas de toute la soirée. Après le café, Gray donna rendez-vous à Elias pour le lendemain matin et partit se coucher. Ils iraient faire une balade dans un nouvel endroit, il raconterait la suite de l'histoire des Montvert, puisqu'ils en étaient restés là. Un genre de digression qui semblait bien lui convenir à cet instant.

Lorsque Elias entra pour prendre son petit déjeuner, la jeune femme était attablée, en train de boire un thé. Il la salua, un peu gêné, et elle releva la tête sans répondre, ainsi qu'elle l'avait fait la veille. Ses cheveux étaient humides, et les mèches de sa frange ressemblaient à de longues aiguilles de pin desséchées, de même couleur brune et de même courbure. Elias remarqua que sa main droite tremblotait et qu'elle tenait un téléphone portable dans l'autre, sur lequel elle jetait de fréquents coups d'œil.

– Putain, c'est le trou du cul du monde ici, pas moyen de choper un réseau, furent les premiers mots qu'il l'entendit prononcer.

– Votre père m'a dit qu'on devait aller au village pour que ça passe.

– Il aurait pu me prévenir… il est loin, ce village ?

– Deux ou trois kilomètres. Vous y êtes forcément passés en venant.

– J'ai pas fait attention, je devais encore dormir.

Elias s'était laissé piéger par le regard noir et farouche de la jeune femme. Elle l'observait toujours, cette fois à la manière d'un légiste dépiautant un cadavre. Ses lèvres dessinaient des structures sonores qui parvenaient en décalé au cerveau d'Elias. Quelque chose comme un charme indéfinissable.

– Ça fait longtemps que vous vous connaissez ?

– Je suis arrivé il y a cinq jours.

– Avant, vous ne le connaissiez pas ?

– Non, je vis aux États-Unis.

– Ne me dites pas que vous avez atterri ici par hasard…

– Pas vraiment.

– Pas vraiment, répéta-t-elle songeuse.

Une porte s'ouvrit brusquement.

– Je vois que vous avez fait connaissance, dit Gray en pénétrant dans la cuisine d'un air jovial.

Elias était certain que Gray avait fait exprès de se lever en retard pour ne pas avoir à faire les présentations, qu'il agissait à la manière d'un metteur en scène dirigeant ses acteurs, qu'il avait attendu la fin des répliques pour se manifester et revenir au scénario écrit à l'avance. Personne ne disait rien, alors il reprit d'un ton léger :

– Je crois que je me suis oublié, ce matin. L'air de la ville me vaut décidément rien. J'avais du sommeil à rattraper. Tu veux faire quelque chose de spécial aujourd'hui ? demanda-t-il à sa fille.

– Il faut que j'aille au village pour envoyer quelques messages, vu que c'est pas possible ici, répondit-elle sèchement.

– Le téléphone fixe fonctionne très bien, si tu veux appeler.

– Tu me prêtes ta bagnole ? dit-elle sans relever la proposition de son père.

– J'aimerais bien, mais je crois pas que tu puisses venir à bout de son caractère.

– Vous pouvez utiliser la mienne, si vous voulez, suggéra Elias.

Suzanne parut ne pas entendre. Elle but une lampée. Gray s'assit en bout de table, comme le ferait un chef de famille pour capter l'attention. Son regard passait d'Elias à sa fille et finit par se caler sur elle.

– Ce serait en effet plus sage, puisque Greenhill te le propose.

– Merci, répondit froidement la jeune femme, puis elle glissa son téléphone dans une poche de pantalon et se leva.

– Les clés sont dessus, dit Elias.

Elle quitta la pièce. Elias supposa que le merci lui était destiné. Il entendit la voiture traverser la cour. Les deux hommes burent un plein bol de café et mangèrent des tartines beurrées sans plus évoquer la jeune femme.

– Bon, t'es prêt pour une balade ?

– J'attends que ça.

Gray donnait le tempo. Les cavaliers laissaient aller leurs chevaux au trot, puis au galop. Ils ralentissaient à l'approche des rares clôtures afin d'ouvrir les barrières. Ils parvinrent bientôt en lisière de forêt et s'insinuèrent entre des rangs d'arbres, au début clairsemés, et qui mettaient en pratique le principe de concurrence au fur et à mesure que la forêt s'étoffait. L'Écossais amena progressivement sa monture au pas. Depuis qu'ils avaient quitté la ferme, son visage s'était peu à peu fermé. Elias remarqua quelques petites approximations dans la conduite du cheval, des écarts dont Gray n'était pas coutumier, un manque de concentration qu'il mit d'abord sur le compte du trouble provoqué par l'arrivée de sa fille. Mais bien vite, il constata que l'Écossais était accaparé par la recherche d'un lieu précis.

Ils traversèrent des lambeaux de brume, semblables aux tentacules démesurés d'une pieuvre albinos s'enroulant autour des arbres. Les bêtes se mirent à renâcler et à hennir. Ils relevèrent leur grosse tête à plusieurs reprises et s'ébrouèrent, tentant de résister à la volonté des deux hommes de les guider vers un endroit où ils ne souhaitaient pas se rendre. Leur nervosité gagnait aussi Elias. Il ressentait une lourdeur dans l'air, une présence impalpable et démoniaque se baladant de loin en loin entre les troncs recouverts de lichens, et le brouillard n'y était pour rien. Puis Gray s'arrêta.

– C'est ici qu'on l'a retrouvée, dit-il.

– Retrouvée… de qui tu parles ?

– Estelle de Montvert, c'est exactement là qu'on a découvert son cadavre, en plein hiver, morte de froid.

– Personne ne meurt de froid…

– À moins d'être fou, ou pourchassé, ou un mélange des deux. C'est George Ambert, le palefrenier du château, qui l'a trouvée. Elle portait juste une chemise de nuit. Elle respirait déjà plus quand il s'est penché au-dessus de son corps.

Elias fut pris de vertige. La forêt tournoyait dans son regard et il était incapable de fixer l'endroit que Gray désignait du doigt.

– Ça va pas ? T'es tout pâle.

Elias avala une longue goulée d'air.

– Continue, je veux tout savoir, dit-il en s'accrochant fermement à la bride pour se maintenir en équilibre.

– Ce que je vais te raconter, on l'a su en grande partie après la mort de Philippe de Montvert, si t'es prêt à l'entendre maintenant…

– Je suis prêt.

– Quand Estelle est rentrée des États-Unis, ça en a surpris plus d'un qu'elle se pointe seule. Elle est arrivée en taxi, et d'après le palefrenier qui assista aux retrouvailles, son jeune frère ne l'a pas reçue à bras ouverts, lui qui avait cru en être définitivement débarrassé. Estelle lui expliqua que Charles avait encore des affaires à régler en ville, mais qu'il serait là le lendemain.

« Philippe interrogea sa sœur au sujet de ce qu'ils avaient bien pu faire aux États-Unis pendant tout ce temps, et il semblerait qu'Estelle lui ait laissé croire qu'elle et Charles avaient ramené un bon pécule, de quoi mettre l'eau à la bouche de Philippe et lui faire oublier la vente des biens du château.

« Estelle a attendu toute la journée du lendemain à la grille du château, et elle y était toujours le soir, inquiète que Charles ne lui ait pas donné de nouvelles. C'est justement le surlendemain qu'il s'est passé un drôle d'événement. On a entendu des cris, les râles de souffrance d'un animal en provenance du pavillon de Philippe. George Ambert réparait une clôture en bordure du parc du château. Il s'est précipité dans la cour où il a retrouvé Estelle. Quand ils sont arrivés devant le pavillon, le spectacle les a cloués sur place : Philippe était couvert de sang. Il avait entravé un bœuf avec des cordes et le tenait par l'encolure. Il arrêtait pas de plonger un couteau de boucher dans la gorge de l'animal, en lui parlant comme s'il lui demandait pardon. Comme si ce qu'il faisait le répugnait. Du sang giclait par à-coups de la carotide de l'animal, jusque sur les murs et la porte du pavillon pas fermée. Il pouvait pas ignorer la présence de sa sœur et du palefrenier, mais il semblait pas s'en soucier.

« Au bout d'un moment, le bœuf s'est affalé sur ses pattes avant et a basculé sur le flanc, gueule ouverte. Philippe l'a accompagné jusqu'au sol, et quand le bœuf a plus du tout bougé, il s'est redressé et s'est tourné vers les spectateurs en tenant son couteau. Il leur a souri comme un gamin qui aurait fait une bonne farce. Puis il s'est mis à débiter de gros quartiers de bidoche, qu'il calait ensuite sur son épaule pour les rentrer dans le pavillon.

« Les cris avaient fini par alerter des voisins. En découvrant le carnage, tous pensèrent que Philippe était devenu fou. C'est bien plus tard qu'on a compris pourquoi il avait agi de la sorte. Et qu'il était pas vraiment fou.

Gray haussa les épaules et prit un temps. Son regard était maintenant posé à l'endroit où le cadavre d'Estelle de Montvert avait été découvert.

Il fit un signe de croix et poursuivit son récit.

– Et Charles qui donnait plus signe de vie. Estelle s'est refermée sur elle-même. Elle mangeait presque plus, restait des journées entières à attendre, prostrée sur le muret près du portail. À plusieurs reprises, elle commanda un taxi et retourna en ville sans rapporter de nouvelles de Charles. Estelle ne trouvait aucune explication, ne pouvait imaginer qu'il l'ait abandonnée. Elle s'enfonça dans un profond désespoir. Au bout d'un moment, Philippe a fait venir un médecin que personne avait jamais vu dans le coin, un de ces toubibs qui affirment savoir ce qu'il y a dans votre tête et décident si c'est bon ou mauvais pour vous, dangereux ou pas pour les autres. Il en a conclu qu'Estelle n'était plus en mesure de s'occuper d'elle-même, qu'elle avait perdu la raison et que personne pouvait dire quand elle la recouvrirait, si même elle la recouvrirait un jour. Elle a apparemment pas opposé de résistance. Sûrement qu'elle en avait plus la force.

« Philippe a fait aménager sommairement la tour médiévale et y a installé sa sœur. Les gens de la région l'ont vite su. Ils s'indignèrent, mais personne aurait eu l'idée d'aller contre la volonté de Philippe, encore moins de faire face à sa colère et à la violence dont il était capable. En plus, il avait pris soin de légitimer l'état psychique de sa sœur par arrêté médical. M'est avis que le toubib a dû palper bien plus que le prix d'une simple consultation pour déclarer la frangine démente…

« Dans les jours qui ont suivi l'enfermement d'Estelle, Ambert m'a raconté qu'il entendait ses lamentations derrière les grilles du donjon. Il s'approchait et restait en dessous, à essayer de comprendre ce que disait Estelle. Le nom de Charles revenait souvent. Elle répétait aussi qu'elle était lasse, qu'elle voulait s'échapper pour retrouver un enfant…

– Un enfant, répéta Elias, les yeux dans le vide, d'un ton trop calme.

– C'est ce qu'Ambert a affirmé…

Gray marqua un temps, et comme Elias ne disait plus rien, il continua.

– Et puis un soir, sans qu'on sache comment elle s'y est prise, Estelle a réussi à s'enfuir. Philippe s'en est aperçu le matin. Il a immédiatement mis ses deux meilleurs chiens sur la piste en leur faisant renifler un vêtement de sa sœur. Ambert et lui ont suivi les chiens à cheval. C'est le palefrenier qui l'a découverte, à l'endroit où on se trouve. Le château est à trois bons kilomètres à l'ouest. C'est un miracle qu'elle soit arrivée jusque-là… Enfin, le miracle, ç'aurait été qu'elle s'en sorte. L'énergie du désespoir l'avait au moins menée ici. Ambert m'a raconté qu'elle semblait apaisée, qu'elle était toujours aussi belle, malgré le froid qui lui avait bleui les lèvres et blanchi la peau. Elle avait l'air d'un ange tombé du ciel au milieu de l'enfer glacé de la forêt. Je fais que répéter.

Gray se tut. Il regardait le ciel, comme pour déchiffrer un signe capable de modifier le passé qu'il venait d'exhumer, ému d'avoir fait revivre Estelle de Montvert et, par conséquent, de l'avoir fait mourir une nouvelle fois. Ce silence devint vite insupportable à Elias. Il voulait en finir.

– Et après ?

Gray avala de la salive, avant de poursuivre.

– Durant les années qui ont suivi la mort d'Estelle, personne a su ce qu'était devenu Charles. Philippe a continué sa vie de solitaire au château. Il passait ses journées à courir les bois et ses soirées à vider les bouteilles de la cave. Ambert s'occupait seul de la propriété.

« Le dernier des Montvert était en train de devenir une véritable loque. Il prenait plus du tout soin de lui, à picoler comme un trou, à dormir dehors, ou dans l'écurie, plus souvent que dans son lit. Ambert m'a raconté qu'un jour où Philippe rentrait de la chasse il est tombé de cheval juste devant l'écurie, incapable de se relever. Le palefrenier l'a transporté inconscient dans le pavillon et l'a laissé décuver…

« Deux jours plus tard, voyant que son maître ne refaisait pas surface, Ambert s'est résolu à retourner au pavillon. Toutes les fenêtres étaient fermées. Personne a répondu quand il a frappé, alors il est entré. Dedans, l'odeur était insoutenable. Philippe était allongé sur son lit, dans les mêmes vêtements. Il respirait à peine. Ambert a pris peur en découvrant son état. Il est allé téléphoner au médecin. Une fois sur place, le toubib a vite écarté l'hypothèse de la cuite monumentale et décrété qu'il fallait l'hospitaliser d'urgence. En fait, Philippe était recouvert de tiques, qu'il avait dû attraper dans les bois. Je peux pas m'empêcher de penser qu'elles avaient été attirées par le sang du bœuf. En plus de vous sucer le sang, les bestioles peuvent inoculer une bactérie provoquant la maladie de Lyme, mais c'est apparemment pas ce qui est arrivé à Philippe. Quelque chose lui avait empoisonné le sang, peut-être bien la haine. Dans la région, personne a su de quoi il était vraiment mort.

La suite, tu la connais : la mise en vente du domaine, l'acquisition par l'Anglais et la découverte des ossements des bébés.

– Et Charles de Montvert, est-ce qu'on sait ce qui lui est arrivé ?

Gray releva les yeux sur Elias qui ne le regardait pas.

– Des mois plus tard, quand le nouveau propriétaire a pris ses quartiers au château, il a commencé par rénover la chartreuse et les dépendances, puis il a terminé par l'ancien pavillon de Philippe, avec l'idée de le louer. Il a tout fait casser à l'intérieur. En descellant les dalles devant la cheminée, les maçons ont découvert un squelette. Les travaux se sont arrêtés. La nouvelle s'est propagée partout dans le village et aux alentours. Une équipe de la police scientifique est venue faire des prélèvements. Ils ont exhumé le corps d'Estelle de Montvert et comparé l'ADN avec celui du cadavre retrouvé dans le pavillon. Ils ont pas mis longtemps à confirmer ce qu'Ambert soupçonnait depuis le début : qu'il s'agissait bien des restes de Charles de Montvert, tué à coups de hache, à ce qu'ils en ont conclu.

« Il était facile de remonter le fil du drame : le lendemain de l'arrivée d'Estelle, Charles de Montvert se pointe au château en pleine nuit. La grille du château est fermée à clé, alors il va toquer chez son frère. Philippe devait s'attendre à ce que ce moment vienne. Il prend pas le temps de discuter avec Charles, fait mine de rentrer chercher la clé du portail, saisit une hache et sort s'acharner sur son frère. À cette heure tardive, y a pas un seul témoin. Le sang a giclé partout dehors. Philippe transporte le cadavre à l'intérieur du pavillon, descelle les pierres plates de la cheminée et met à jour une cavité suffisamment grande pour y enfouir le corps de son frère. Après avoir replacé les pierres, il parvient pas à nettoyer le sang devant le pavillon. Il faut faire vite, le jour se lève. Il a l'idée d'aller chercher un jeune bœuf dans l'étable, et il le saigne devant chez lui. Le sang de l'animal est déjà mélangé à celui de Charles lorsque Estelle et Ambert arrivent sur les lieux. Tout le monde le croit devenu fou, alors qu'il est juste en train de mettre à exécution son plan démoniaque.

Gray épia une éventuelle réaction d'Elias. Voyant que rien ne venait, il dit :

– Maintenant que tu sais tout, il te reste plus qu'à écrire ton article…

Elias ressemblait à une baleine trop longtemps restée sous l'eau, et qui remonte chercher de l'air, un genre d'humain incapable de concevoir le miracle de la respiration sans un ultime effort de concentration. Il se tenait en arrière sur la selle pour se stabiliser, car Otello broutait une touffe de pâturins à demi gelée, et il secouait de temps en temps la tête pour se débarrasser des paillettes de givre qui le gênaient et finissaient par se mélanger à la vapeur sortie des embouchures de ses naseaux.

– Je suppose que t'auras pas de raisons de rester plus longtemps ! dit Gray en resserrant le latigo de sa selle.

– Où sont enterrés Charles et Estelle ? demanda Elias sans prêter attention à la remarque de l'Écossais.

– Cette question… au cimetière, bien sûr. Enfin, Estelle s'y trouve, vu qu'il paraît que le squelette de Charles est toujours dans la maison, dans un sarcophage. Tu parles d'une relique.

– Tu es sûr de ça ?

– Je suis pas allé vérifier.

– À quel endroit se trouve le cimetière ?

– Sortie nord du village, cent mètres après le panneau. Tu les trouveras facilement, ils ont un caveau de famille aussi grand qu'un presbytère.

– Ils sont tous inhumés là-bas, à part Charles, je veux dire ?

– Ouais, depuis Jean de Montvert. Sauf les petits squelettes, puisque l'église a jamais voulu qu'ils y soient. Moi, je trouve que c'était autant leur place qu'aux autres.

– Tous les enfants devraient être enterrés aux côtés de leurs parents, dit Elias avec une rage palpable dans la voix.

– C'est l'ordre des choses. Le problème, c'est que les curés mettent le blasphème au-dessus de l'ordre des choses.

Au cours de la nuit, attirés par les odeurs de viande, des coyotes approchèrent du campement. On apercevait parfois l'un d'entre eux à la lueur d'un feu, comme pris dans le flash du photographe, puis il reculait aussitôt et la silhouette peureuse disparaissait dans les eaux troubles d'une obscurité imparfaite. On les entendit japper longtemps et ils se turent, mais on les sentait là, tout près, trottinant avec élégance entre le désir et la peur.

Les guetteurs virent s'éteindre les feux, semblables à des étoiles agonisantes échouées sur la terre d'où suinteraient les dernières gouttes de lumière et, avec elles, l'illusion des hommes à les croire immortelles. Ce moment dans une vie où l'on comprend que la lumière n'appartient pas à l'étoile, mais à l'univers tout entier, de sorte que la nuit des temps avait toujours été éclairée et qu'on espérait que cela ne finisse jamais. Le bois se consumait aussi, mais l'espoir demeurait qu'il puisse jaillir des flammes ailleurs, qu'elles mordent un autre bois.

Personne ne remarqua ce qui avait changé au matin. De

petits nuages blancs paradaient dans le ciel tels des pétales de cerisier détachés de leur corolle sous l'effet du vent, et le soleil ressemblait au réceptacle qui les avait accueillis. Eden Cloud fit rappeler les guetteurs. Chacun s'affaira à rassembler ses maigres possessions. On piétina les cendres et on les recouvrit pour en dissimuler les traces. On amena les chevaux destinés à tirer les charges les plus lourdes. Ce fut au moment de les harnacher que l'on vit ce qui avait changé depuis la veille.

Durant la nuit, Black Bird avait orienté le travois côté soleil levant. Il était maintenant allongé sur la peau de bison et sa grosse main recouvrait celle de Wild Grass. Les derniers effluves de vie avaient déjà quitté son corps. Les traits sur son visage étaient détendus. Il avait l'air paisible, autant que sa compagne. On voulut croire qu'ils avaient retrouvé l'enfant perdu et que leur mort marquait l'avènement des esprits.

Tous espérèrent qu'un ciel bienveillant se déployait sous les paupières closes de leur frère et de leur sœur. Plus d'un envia le couple d'être enfin débarrassé de cette existence terrestre, pour ne plus penser, ne plus voir, ne plus respirer, ne plus marcher. Aucun ne succomba à la tentation de trahir leur dernier rêve d'une terre promise. Alors, sans plus attendre, on arrima le travois au cheval, et on continua.

SUZANNE ÉPIAIT LE RETOUR DES CAVALIERS depuis la plus haute marche du palier. Elle fumait d'une main et tenait le paquet de cigarettes dans l'autre. Quand ils parurent à l'angle de la grange, elle se grandit de quelques centimètres. On l'aurait cru rassurée de les voir et il n'y avait plus rien de hautain dans son attitude. Qui attendait-elle, alors ? Savait-elle seulement si elle attendait l'un de ces hommes qui chevauchaient sans la remarquer ? Lequel détournerait les yeux le premier ?

Elle les entendait qui se parlaient. Elle les regardait qui ne se regardaient pas. Otello levait et pliait les antérieurs, comme un qui caracolerait un jour de représentation, ou bien comme un qui voudrait signifier son désir animal d'affûter encore ses muscles ailleurs que dans l'enceinte d'une cour. Ce fut le cheval qui tourna la tête vers la jeune femme. Il s'ébroua et amenuisa la distance qui le séparait d'elle. Elias suivit le mouvement avec la sensation de prendre un quart en pleine nuit sur un navire fantôme. Apercevant Suzanne, il se souvint de la première fois qu'il avait posé les yeux sur Elisa Hobson, devant la quincaillerie familiale. Assise sur le rebord de la galerie, elle balançait les jambes, et sa robe de coton blanc montait et descendait sur ses cuisses. Elle glanait les regards des hommes et aussi des femmes, avec la conscience du coupable et pas celle du pécheur. Elle ne savait pas encore jusqu'où cela pouvait mener, mais elle comptait bien explorer les chemins plus ou moins tortueux qu'elle creusait dans leurs yeux. Elle était parvenue à cet âge où le désir ne peut être maîtrisé, le point focal de la toute-puissance féminine. Non pas que les deux femmes se ressemblaient. L'une était blonde et l'autre brune, l'une était rivière et l'autre semblait torrent. Il y avait pourtant quelque chose d'innommable concentré en chacune, quelque chose comme une forme de méfiance et de défiance envers le genre d'Homme qu'elles provoquaient de la même manière.

Elias pensait souvent à Caryl Drumm qui possédait désormais Elisa, alors que lui n'avait même pas possédé ses lèvres, au temps où c'était encore possible. Il voulut essayer de se convaincre que c'était mieux ainsi, que l'on ne peut connaître la saveur d'un fruit tant qu'on ne l'a pas goûté, que c'est certainement moins de regrets, mais aussi plus de désir de le goûter en imagination. La seule fille qu'il avait embrassée s'appelait Winona Tyler. C'était à l'école. Il avait dix ans et cela ne lui avait procuré aucun plaisir, parce qu'il n'avait pas choisi de le faire et que de toute façon, à dix ans, on a d'autres préoccupations et d'autres rêves situés bien au-delà de la perspective d'un baiser. Elias se demandait quelle force habitait les femmes, au point d'être capables de porter leur être tout entier à bout de bras et de le déposer dans un lieu tout neuf. Il se demandait s'il éprouvait quelque chose pour Elisa Hobson, s'il avait jamais éprouvé quelque chose, si la lâcheté ou bien la jalousie le lui laissaient croire.

Et cette jeune femme, qui se tenait sur le pas de la porte et qui paraissait défier la totalité du monde, était en train de tendre un autre horizon devant ses yeux. Il n'eut pas le temps d'envisager la réponse qu'elle volta comme quelqu'un qui en a assez vu et qui sait désormais tout ce qu'il y a à savoir. Un malaise envahit Elias, il se sentit idiot, persuadé que le regard de cette fille ne lui était pas destiné, ne le serait probablement jamais, que ce qu'il avait imaginé, ou cru comprendre, n'évoluait pas dans le sens des planètes. Les femmes demeuraient une énigme et il n'était pas prêt à la résoudre de sitôt.

Elias envisagea de partir maintenant, il serait plus sage de quitter cet endroit, et aussi ce pays de malheur. Mais que lui avait apporté la sagesse jusqu'à présent ? Dans un passé récent, il avait endossé la responsabilité d'accompagner au terme de son existence une vieille femme, à la manière d'un dévot refoulant la vie, celle qui fait parcourir les continents, pas celle qui enferme dans une grotte. Il avait aimé Mama Tulssa pour ce qu'elle était, puis il l'avait détestée pour ce qu'elle avait enfoui dans son cœur de fausse mère, cette révélation dont il se serait passé, dont elle n'avait pu faire l'économie au moment de rejoindre les Esprits-Rêveurs de ses ancêtres. Le cœur d'Elias était sincère. Ce paradoxe le troublait, le conduisant à admettre qu'il y avait plus d'amour en lui que de haine, et il ne savait pas si c'était une bonne ou une mauvaise chose. Mama Tulssa, il ne la détestait pas, il ne la détestait plus, il lui en voulait simplement de n'avoir pas été assez forte pour demeurer son unique mère.

Il repensait souvent à Papa Tulssa, à leurs longues conversations dont Elias n'avait pas toujours saisi le but, ni même le sens. La vérité lui apparaissait, comme quand on vise un animal avec son fusil et qu'on abaisse le canon pour ne pas troubler le calme de la forêt, et aussi parce que l'animal est paisible et serein, et qu'il est beau à regarder, et que ça fait du bien de le regarder, et qu'il ne se doute pas un seul instant de la fureur cachée qui le guette, de la mort accrochée à un fil tissé par une balle. Elias n'avait jamais songé à en vouloir à Papa Tulssa, l'avait dédouané de sa faute, sans y réfléchir, probablement à cause de sa fin tragique, ou grâce à elle. En cet instant, il aurait tout donné pour faire revenir Mama et lui, pour qu'ils lui racontent une vieille légende. Pour qu'il s'oublie.

Le ciel était muselé par de gros nuages cendrés. La nuit s'amenait par-dessus, à la manière d'un muscle qui se détend après l'effort, ce qu'est la lumière du jour, toujours un effort de l'univers pour la faire surgir. Elias fixait encore l'endroit où quelqu'un se tenait un peu avant, et n'y était plus ; quelqu'un qu'il ne connaissait pas, mais qu'il aurait voulu continuer de regarder, à défaut de le connaître ; quelqu'un qui le troublait, peut-être parce qu'il semblait ne pas le voir lui, et ce quelqu'un était une femme.

– Si j'ai un conseil à te donner, t'aventure pas sur ce terrain-là, dit Gray qui n'avait rien perdu de la scène, et qui basculait en avant pour passer sa jambe droite par-dessus l'échine de la jument.

– De quoi tu parles ? dit Elias en se raidissant sur sa selle.

– C'est pas une bonne idée de reluquer trop longtemps ce que t'étais en train de reluquer.

– Je reluquais, moi ?

– Ouais, tu reluquais.

Elias n'avait nullement l'intention de s'excuser. Il se détendit. Il était temps de cuisiner Gray.

– Et ça ferait du mal à qui ? demanda-t-il.

– À personne, pour l'instant.

– Quelqu'un serait en danger, d'après toi ?

– Possible.

– Arrête avec tes insinuations, tu veux.

Gray fixait Elias, comme s'il était en train de remplir une cuve et qu'il attendait le moment où elle va déborder pour intervenir.

– T'as pas vraiment l'air d'un prédateur, dit-il.

Elias ne répondit rien.

– Je crois aussi que t'as pas tout vu, et qu'on peut encore te donner des conseils, surtout quand ce « on » s'appelle John Gray et qu'il sait de quoi il cause.

– Je comprends pas comment un père peut parler de sa fille comme si elle était dangereuse…

– J'ai pas dit que c'était un danger, j'ai dit que c'était pas une bonne idée que tu t'attardes sur elle aujourd'hui.

– Pourquoi aujourd'hui ?

– Façon de parler.

– Alors, c'est de moi que tu as peur ?

L'Écossais se racla la gorge, se retourna, cracha en direction du puits et se repositionna sur la selle.

– Peur de toi, non. Je crois surtout que t'as d'autres chats à fouetter.

– T'en fais des mystères sans poser une seule question.

– C'est peut-être que j'ai pas besoin d'en poser pour avoir les bonnes réponses.

– Tu es un drôle de type, John Gray !

– Et toi, un mauvais menteur, dit-il avec une intensité supplémentaire au fond du regard.

– Qu'est-ce que tu veux dire ?

– Que tu me prends pour un con, depuis le début.

– Je t'ai jamais pris pour un con.

Gray laissa passer une poignée de secondes, avant de continuer d'enfoncer le clou qu'il venait de planter.

– Pourquoi t'es là, en réalité ?

– Je te l'ai dit, pour écrire un article.

– Tu vois que t'es pas capable de jouer cartes sur table, mister Greenhill, ou je devrais plutôt dire monsieur de Montvert, même si c'est du pareil au même, pas vrai ? T'es le fils que Charles et Estelle ont eu aux États-Unis. Voilà qui tu es.

ELIAS NE RÉPONDIT PAS. Il demeura calme, retira ses bottes des étriers, se pencha en avant et se laissa glisser le long du flanc de sa monture. Une fois à terre, il fit aller la paume de sa main d'avant en arrière sur la colonne vertébrale d'Otello, fit sauter la bride par-dessus la tête, raccourcit le leste et claqua sa langue contre son palais pour que le cheval le suive. En se dirigeant vers l'écurie, l'un puis l'autre passèrent devant Gray sans jeter le moindre regard de côté.

– T'as rien à répondre à ça, dit Gray.

Elias continua et s'en alla parquer le cheval. Il l'étrilla, le pansa et cura chaque sabot. Gray fit de même avec la jument. Le silence occupait tout l'espace entre les deux hommes. Une fois les soins terminés, Elias attrapa une botte de foin, chercha son couteau dans sa poche et il n'y était pas. Il n'eut pas le temps de trouver un outil qui fasse l'affaire que Gray lui tendait un opinel au manche noirci. Elias saisit le couteau, déplia la lame, tourna la virole et trancha les deux ficelles qui retenaient le foin. La botte se détendit comme les soufflets d'un accordéon. Il replia le couteau, le fourra dans une poche de pantalon, balança du foin dans le râtelier d'Otello, puis il ressortit le couteau et le tendit à Gray, sans lever les yeux.

– Il était bien où tu l'avais mis, tu peux le garder, c'est un bon couteau, dit l'Écossais.

– J'en ai pas besoin.

– Fais comme tu veux, mais tout homme devrait avoir un couteau dans sa poche, que ce soit moi ou un autre qui te le donne, c'est pas important.

Elias regarda longuement le couteau, et le remit dans sa poche.

– Merci, dit-il.

– Tu me donneras une pièce en échange.

– Pour quoi faire ?

– C'est une vieille tradition du pays.

Elias sortit une pièce de cinquante cents qu'il donna à Gray.

– Merci !

– Je sais pas si c'est une bonne pièce.

Gray se mit à sourire. Une ombre traversa son visage.

– Tu sais, j'avais pas l'intention de te brusquer. J'imagine que c'est pas facile pour toi, mais je voulais que tu saches que j'ai compris, c'est tout.

– T'inquiète pas…

– Si tu veux discuter, maintenant, ou plus tard, je suis là.

Elias s'accouda à la porte du box, regardant Otello croquer l'herbe luisante.

– Il y a une semaine, j'étais un orphelin élevé par un couple d'Indiens descendant des Nez-Percés, et aujourd'hui je suis l'enfant d'un inceste. Tu peux me dire ce que je fais de ça ?

Gray s'approcha d'Elias et s'accouda à son tour, les yeux dirigés vers le fond obscur du box.

– T'es le fils d'un homme et d'une femme qui s'aimaient, c'est ce qui compte. Peu importe qui ils étaient.

– Je suis le fils de personne aux yeux de la loi des hommes.

– La loi, elle fait pas l'homme, c'est la place qu'il se choisit dans le monde qui le fait, et la tienne, je pense qu'elle est là-bas… Ou ici. À un moment, tu devras choisir.

– T'as l'air de savoir de quoi tu parles.

Gray tourna lentement la tête vers Elias qui lui faisait maintenant face.

– Pas tant que ça, dit-il.

– Tu ne m'as jamais raconté comment t'étais arrivé ici.

– Disons que moi aussi je me suis senti orphelin et qu'ici ou ailleurs faisait tout autant l'affaire à cette époque.

– T'as perdu quelqu'un ?

Gray se retourna de nouveau vers les chevaux. Il n'eut pas l'air d'y trouver ce qu'il espérait, alors, il répondit :

– Sûrement.

L'Écossais avait le regard dans le vide, et dans ce vide il y avait le mirage du corps d'Elias qui flottait. Le « sûrement » n'était pas vraiment destiné au jeune homme. Gray avait parlé au vide qui venait de s'ouvrir au-delà du mur fait de pierres momifiées par la crasse et les toiles d'araignée entre lesquelles suintaient des coulées de salpêtre. Elias ne posa pas de question, persuadé que l'Écossais allait poursuivre sur sa lancée, et il chassa un pas pour bousculer le silence, accélérer le processus de la mémoire.

– J'ai eu une liaison avec une femme en Écosse, y a une vingtaine d'années. Elle était mariée à un type brutal qui la faisait souffrir. On se voyait en cachette, de plus en plus souvent. Les sentiments sont très vite arrivés, des deux côtés, une évidence. Au bout d'un an, on s'est dit qu'on allait partir ensemble, mais elle reculait à chaque fois. Elle avait peur de lui, elle disait qu'il nous retrouverait, que c'était pas un type qu'on pouvait quitter. Moi, j'en pouvais plus de cette situation. Ça me détruisait d'autant plus que je voulais rien laisser paraître. Je faisais en sorte que tout soit parfait quand on se donnait rendez-vous, qu'elle soit heureuse, qu'elle oublie l'autre enfoiré.

« Un jour, elle est tombée enceinte, et comme elle avait jamais pu avoir d'enfant jusque-là, ça a mis la puce à l'oreille du mari. Il a fait faire des analyses, qui ont toutes conduit au même résultat : il était stérile. L'enfant ne pouvait être que celui d'un autre.

« Elle a résisté avant de lui donner mon identité. Tu peux même pas imaginer jusqu'où il est allé pour la faire avouer. Après, elle a réussi à me prévenir pour que je me tienne sur mes gardes, mais moi j'étais prêt à régler le problème une fois pour toutes.

« Il a pas mis longtemps avant de se pointer chez moi. Je me souviens que je buvais une bière sur la terrasse, une Belhaven. Ne me demande pas pourquoi je m'en souviens. Je l'ai vu descendre de son coupé Ford rouge, ouvrir le coffre et attraper quelque chose dedans. J'ai pas bougé. Je l'ai regardé s'amener avec sa batte de base-ball à la main. Il faisait des moulinets pour m'impressionner, mais moi, ça m'impressionnait pas, j'étais soulagé que ça se termine enfin pour commencer autre chose. J'ai paré le premier coup. Il était costaud, mais plutôt lourdaud. On s'est battus. J'ai vite eu le dessus. Je voulais lui faire mal, le punir, qu'il comprenne que ça servait plus à rien de la garder maintenant qu'elle attendait notre bébé. Y avait cette batte juste à portée de main qu'il avait fait tomber. J'ai pas réfléchi.

« J'aurais pu continuer à le corriger avec mes poings pour qu'il en bave encore mais j'ai attrapé la foutue batte et je l'ai enfoncée dans son crâne, comme un pilon. Il bougeait plus. Son corps était devenu mou. Son cerveau était déjà noyé dans le sang, comme quand on laisse entrer l'eau dans un caisson de décompression. Moi je le savais pas à ce moment-là, c'est le toubib qui l'a dit après l'autopsie. Comment imaginer qu'un cerveau puisse exploser aussi facilement ? Qu'est-ce que j'avais fait ? Je pouvais plus revenir en arrière.

Gray opina du chef. Il sortit son tabac, se roula une cigarette et la regarda longuement.

– Dire que j'essayais d'arrêter.

Il alluma la cigarette, tira dessus, et rejeta par les narines la fumée, qui se mit à stagner, comme s'il s'agissait d'un souvenir impossible à dissiper.

– La suite a pas été en ma faveur. C'était lui qui était venu chez moi, y avait aucun doute pour la justice à ce sujet. J'ai pas pu prouver que la batte de base-ball ne m'appartenait pas. Malgré quelques circonstances atténuantes, j'ai pris vingt ans. J'en ai fait quinze, avec les remises de peine pour bonne conduite.

« Esther venait me voir au début. On savait jamais quoi se dire. Il était évident qu'elle m'en voulait d'avoir tout gâché. Un jour, au parloir, je lui ai demandé de plus venir, que même si elle portait notre enfant, sa vie était ailleurs, qu'il fallait plus compter sur moi. Je lui ai même dit que je l'aimais plus. Je m'y étais préparé. J'ai pas dû être très convaincant, mais j'ai tenu bon, c'était devenu insupportable de voir son ventre grossir, d'imaginer cet enfant que je verrais pas naître, ni grandir.

« Et puis il y a eu ce matin où j'ai reçu une carte m'annonçant que Suzanne était née, qu'elle se portait bien. C'est Esther qui a choisi le prénom toute seule, on en avait jamais parlé. Tu peux pas imaginer le coup de poignard que ça a été. J'ai pas osé demander à Esther de revenir me voir avec la petite, mais j'en crevais d'envie. Je l'ai pas fait… et elle n'est pas venue. Chaque année, à la même date, je recevais un faire-part d'anniversaire, avec une photo, il me fallait au moins une semaine pour m'en remettre. C'est à partir de ce moment-là que j'ai commencé à toucher à l'héroïne. Je saurais pas dire si c'était à cause du manque, de l'enfermement, ou des mauvaises fréquentations. Sûrement le tout mélangé. Le peu de fric que je gagnais à la cartonnerie de la prison, en plus de quelques combines douteuses, passait dans mes doses.

« J'ai essayé de m'en sortir. Je me suis sevré à plusieurs reprises, mais il y avait toujours cette putain de carte et cette putain de photo qui arrivaient quand il fallait pas et qui foutaient tout en l'air. Je replongeais.

« Presque quinze ans de ce régime, et puis on m'a libéré. J'avais rien demandé. Je suis sorti un matin. Il faisait beau. Je m'en souviens parce que j'avais le soleil dans les yeux et que j'ai pas vu tout de suite ce qui m'attendait de l'autre côté de la rue. Esther, avec cette fille qui la tenait par la main, presque aussi grande et qui lui ressemblait à la perfection.

« J'aurais voulu partir en courant, mais j'ai pas eu la force. J'ai traversé la rue. J'ai embrassé sur la joue la femme que j'avais aimée à la folie, pas la fille. Ça aurait rien signifié. Au lieu de remercier Esther, je lui ai demandé ce qu'elle foutait là. Et tu sais ce qu'elle m'a répondu ?

Gray stoppa son débit. Elias pensa qu'il allait se mettre à pleurer, mais il avala de la salive avant d'enchaîner.

– Elle a dit qu'elle était venue me chercher pour rentrer chez nous. Chez nous… Putain ! Et tu sais quoi ? Moi, je me suis laissé faire. Je savais pas où aller. Je suis monté dans sa voiture, à côté d'elle. La fille s'est installée à l'arrière. On a traversé la ville. Elle habitait toujours le même appartement. Je t'assure que c'est pas le genre de truc qui peut aider un type qui sort de prison, de prendre en pleine gueule ce qu'il a foiré. Dès qu'elle a refermé la porte, j'ai su que je serais jamais à ma place, qu'il me serait impossible d'effacer ce que j'avais fait, qu'on était tous coupables et moi plus que les autres.

Gray prit une bouffée, puis pinça la cigarette entre pouce et index, et la regarda se consumer.

– Dire que j'essayais d'arrêter, répéta-t-il.

Il tira de nouveau sur la cigarette et attendit un moment avant de reprendre.

– J'étais toujours accro à la dope, je prenais ce qui se présentait, j'étais pas regardant. Je passais de petits boulots en petits boulots, histoire de donner le change. Je pouvais en garder aucun. À chaque fois qu'on essayait de se parler, Esther et moi, on finissait par s'engueuler.

« Un jour, j'ai reçu la visite d'un ancien taulard que j'avais connu. Il venait juste de sortir. J'aurais dû lui dire de se tirer vite fait, qu'il faisait partie d'une existence que je voulais oublier, mais ça non plus je l'ai pas fait. Au contraire, je l'ai écouté me parler d'un braquage. Je voulais connaître tous les détails. On serait quatre sur le coup. Tout ce qui comptait, c'était de m'assurer qu'il y aurait pas de dégâts humains. Il m'a parlé de rapport de force, de puissance de feu, m'a dit que personne était prêt à mourir pour du fric. Il m'a convaincu. J'ai accepté.

« On a répété le scénario pendant des semaines. Esther me posait des questions. Elle me demandait ce que je faisais de mes journées. Elle détestait ce type qui passait me prendre chaque matin. Elle l'avait £suffisamment reniflé pour ça. J'ai essayé de la rassurer, en disant qu'on cherchait du boulot ensemble, histoire de se motiver. Chaque fois que je rentrais, j'étais à cran. Je te laisse imaginer l'ambiance à la maison.

Gray regarda sa cigarette éteinte et la jeta dans un vieil abreuvoir contenant d'autres mégots.

– Le jour du casse est arrivé. On avait rien laissé au hasard. Le coup s'est déroulé sans problème, exactement comme prévu. Mon rôle se cantonnait à déposer les braqueurs et à les attendre en faisant tourner le moteur, rien de bien compliqué. Quand ils sont sortis en tenant quatre gros sacs, je me suis coulé dans la circulation et on a quitté la ville vite fait. Je connaissais l'itinéraire par cœur. Après avoir abandonné la route principale, j'ai bifurqué sur un chemin et on s'est retrouvés dans une forêt. Une autre voiture attendait, un type au volant. On a fait le partage et j'ai hérité d'un bon paquet de fric. J'en avais jamais vu autant. Les directives étaient claires, on devait se mettre au vert, ne surtout pas se montrer et encore moins l'argent. La voiture qui avait servi au braquage a été incendiée. Ensuite, on m'a déposé devant chez Esther.

« Elle m'attendait dans le salon. Elle a senti que quelque chose clochait. Elle voulait savoir ce qui s'était passé, ce qu'y avait dans ma sacoche. J'ai répondu que j'étais allé faire un tour, que j'avais besoin de réfléchir et pas de comptes à lui rendre. Là-dessus, j'ai ajouté que je devais partir. Je savais pas quand je reviendrais, ni si je reviendrais un jour. C'était mieux comme ça. J'enverrais régulièrement de l'argent et je donnerais une adresse. Plus tard.

« Esther a pas compris, elle est entrée dans une colère folle. Elle criait qu'elle m'avait pas attendu tout ce temps pour que je l'abandonne une deuxième fois, me lançait à la figure les responsabilités que j'avais. Suzanne est sortie de sa chambre pour voler au secours de sa mère, et s'est jetée sur moi comme une furie. Je les ai repoussées, et elles ont atterri contre le téléviseur. Je les ai même pas aidées à se relever, je suis allé fourrer quelques affaires dans un sac. Quand je suis revenu dans le salon, Esther était agenouillée près de sa fille qui avait dû se péter un truc en tombant. Elles pleuraient toutes les deux. Je suis sorti.

« Ensuite tout a été très vite et plus facile que j'aurais pu l'imaginer. À l'aéroport, j'ai consulté les départs pour la France. J'avais entendu dire qu'y avait beaucoup de Britanniques qui achetaient des maisons là-bas. L'idée de me mélanger à cet exode m'a parue bonne. J'ai pris un billet low cost pour la plus petite ville que j'ai trouvée, et je me suis envolé.

« J'ai vécu un moment à l'hôtel, le temps de convertir mon fric petit à petit, d'ouvrir plusieurs comptes en banque et de dégoter un coin paumé où me poser. Et y a eu cette annonce qui disait qu'une propriété était en vente à La Croix du Loup. Je suis allé voir ce que ça valait, j'ai fait une proposition et j'y suis resté.

« J'ai jamais su ce que les autres sont devenus après le braquage et j'ai pas cherché à le savoir.

« Une fois installé, j'ai arrêté de me shooter. J'en ai sacrément bavé au début, mais j'ai tenu le coup, à force de volonté. Faut croire que c'était le bon moment et le bon endroit pour ça. J'ai acheté la maison et les terres et je me suis concentré sur la vie que j'avais envie d'avoir. Je connaissais le milieu agricole, mes parents tenaient une ferme en Écosse.

« Comme je l'avais promis à Esther, j'envoyais de l'argent, sans donner de nouvelles. Et puis, Suzanne est apparue dans mes rêves. Elle se pointait et me balançait mes quatre vérités, d'abord de temps en temps, jusqu'à ce que ça en devienne régulier. Je saurais pas dire si c'est à cause de la solitude, ou de l'éloignement, mais je me suis mis à plus penser qu'à elle, à la revoir. Je me foutais d'Esther.

« Un jour, j'ai décidé de téléphoner. Elles avaient pas changé d'adresse. Il m'a semblé qu'Esther était pas surprise que je l'appelle, qu'elle savait que ça arriverait un jour ou l'autre. Moi, je pensais qu'elle allait me raccrocher au nez, mais, non. Y avait quelque chose d'étrange dans sa voix, quelque chose que je reconnaissais pas.

« Je me suis mis à l'appeler une fois par semaine pour prendre des nouvelles, suivre la scolarité de Suzanne. Esther était jamais en mesure de me la passer, prétextant qu'elle était sortie avec des copines, ou qu'elle faisait ses devoirs. Ça me dérangeait pas. Qu'est-ce que je lui aurais dit ? *Salut, c'est ton père qui voudrait savoir comment tu vas depuis qu'il s'est tiré…* Tu vois le tableau…

« Au fil du temps, je sentais un malaise grandir. On discutait, et brusquement Esther passait du coq à l'âne. Ses propos devenaient parfois incohérents. J'arrivais pas à mettre le doigt sur le problème. D'où j'étais, je pouvais rien faire. Alors, je lui ai dit que j'avais envie de venir les voir. Elle s'est tout de suite braquée, disant qu'il en était pas question, que ça perturberait trop Suzanne, que j'avais fait le choix de partir et qu'il fallait que j'en assume les conséquences. Qui j'étais pour lui dire qu'elle avait tort ?

« J'ai continué de téléphoner et d'envoyer du fric. Je suis quand même revenu une ou deux fois à la charge et j'ai toujours essuyé le même refus. J'avais beau retourner le problème dans tous les sens, la vie que j'avais là me suffisait plus, et au fond de moi je savais qu'elle me suffirait jamais plus. J'avais laissé quelque chose d'inachevé derrière moi.

« J'ai décidé d'être patient. J'écoutais Esther me parler de ses voisins, des banalités. Malgré mes relances pour avoir de ses nouvelles, Suzanne faisait des apparitions de plus en plus rares dans nos conversations. Ça a duré des mois, jusqu'au jour où c'est pas Esther qui a décroché. C'était… ma fille au bout du fil. Je me suis retrouvé comme un con à pas savoir quoi répondre. En panique, j'ai demandé si sa mère était là. Elle voulait savoir qui j'étais. J'ai pas réfléchi, j'ai tout déballé. Un blanc a suivi. Puis au bout d'un moment, elle a demandé : "Qu'est-ce que vous voulez ?" *Qu'est-ce que je voulais ?* Moi, je voulais juste savoir comment elles allaient. Il y a eu un autre silence. Suzanne m'a ordonné de leur foutre la paix. J'avais fait assez de mal. Elle avait raison.

« Je me suis quand même accroché. J'ai dit que je regrettais, que c'était pas ce que je voulais, qu'il était sûrement pas trop tard. Elle m'a raccroché au nez. J'ai pas rappelé tout de suite, j'ai attendu le lendemain. Ce qui m'a encouragé, c'est qu'elle a pas raccroché en constatant que c'était moi et pas non plus les fois suivantes. Elle semblait curieuse de ce que j'avais à dire. C'était toujours moi qui parlais.

« Après quelques coups de fil, elle a fini par m'avouer que sa mère était devenue folle et qu'on l'avait admise dans un établissement spécialisé. J'ai quand même demandé à lui parler, mais c'était pas possible. Personne savait quand elle le quitterait, ou même si elle le quitterait un jour. Je me suis souvenu de nos conversations sans queue ni tête. J'ai voulu savoir comment s'en sortait Suzanne. Elle bricolait par-ci par-là, mais avait pas de boulot sérieux.

« C'est à ce moment-là que je lui ai proposé de me rejoindre en France, pour quelques jours, histoire de se voir. Si elle acceptait, je m'occuperais de tout – sans contrepartie, j'ai cru bon d'ajouter. Elle m'a demandé pourquoi elle ferait une chose pareille. Je lui ai répondu que c'était peut-être le moment et qu'il fallait pas le laisser filer. Elle a pas refusé sur le coup, et ça valait de l'or.

« Elle m'a rappelé trois jours plus tard pour me confirmer qu'elle arriverait à Roissy le lendemain. T'imagines pas le choc. J'ai paniqué comme une sauvagine qui se serait pris une patte dans un piège à loups. Pendant qu'elle me donnait tous les détails, je regardais les photos d'elle que je conserve dans une boîte, celles que je recevais en taule chaque année à la même date. Je serais là quand elle descendrait de l'avion.

« Tout ce que je voulais au monde, c'était qu'elle vienne, et en même temps j'avais une trouille de tous les diables de me retrouver en face d'elle, parce que au fond je savais pourquoi elle avait accepté aussi facilement de me rejoindre. J'allais le payer, d'une manière ou d'une autre.

Elias nota un léger tremblement dans la voix de Gray. Il le vit rapatrier un peu d'air, sans desserrer les dents.

– Aujourd'hui, je suis prêt à payer ce que je dois. J'espère juste avoir assez dans mes fontes. C'est pour cette raison que je t'ai mis en garde tout à l'heure. On a des choses à régler elle et moi. Je dis pas que tu dois t'en aller. J'espère que tu comprends. Je crois qu'aucune histoire en vaut une autre, mais ce que je sais, c'est qu'il y a une vague en tout homme, et qu'elle est plus ou moins haute en fonction de chacun.

Elias n'avait pas bougé durant tout le récit que Gray venait de clôturer par une vérité indiscutable. Mariet et Otello étaient couchés sur un lit de paille fraîche. On entendait l'air aller et venir par leurs naseaux, et le bruit engendré par la mastication. La nuit entrait nonchalamment dans l'écurie mal éclairée, comme un paréo posé sur une peau sombre. Ce coin du monde était dans le vaste monde, qui était lui-même au cœur de l'univers encore plus vaste, séparé des étoiles par une toiture d'ardoises, et autre chose de moins perceptible, lové dans les replis du silence. Dans ce coin du monde, cette écurie, il y avait ces deux hommes suspendus à leur ombre finissante ; deux figures de proue de navires à la dérive sur un même océan dévasté, qui regardaient monter la vague face à eux, sans rien pouvoir y faire, sans rien pouvoir y changer.

ELIAS SE LEVA TÔT. Après les révélations de Gray, il ne voulut pas déranger et but son café au gîte. Il n'avait pas faim. Une fois qu'il eut terminé, il enfila sa veste et sortit. Dehors, un soleil blafard était enchevêtré au loin dans la broussaille des arbres. La cour était blanchie par le givre et deux moineaux sautillaient d'une boîte de conserve à l'autre, tels de petits musiciens sonnant le réveil. Elias laissa ses yeux traîner sur la façade de la maison, derrière laquelle rien ne semblait bouger. Il espéra un instant que Gray apparaisse et lui propose d'entrer, que tout redevienne comme avant l'arrivée de sa fille. L'Écossais aurait pu l'aider à affronter ce qui allait suivre. Mais désormais, c'était Gray qui avait d'autres chats à fouetter.

Elias monta en voiture et prit la direction de La Croix du Loup. Il tourna machinalement la tête vers l'intérieur de la forêt à l'endroit où le Lada avait cogné le chevreuil et continua jusqu'à l'entrée du village. Il se gara devant le haut mur qui protégeait des regards le cimetière, et descendit. Passé les grilles, il rencontra quelques rares caveaux de granit rose, ou gris, et de nombreuses pierres tombales ornées de plaques en porcelaine. On pouvait y lire des noms et des dates grattés par le temps. Elias était seul. À chaque pas, ses bottes crissaient sur les graviers délavés et ses muscles parvenaient à peine à lui obéir. Tout au fond du cimetière, séparé du mur d'enceinte par une allée, se trouvait le tombeau des Montvert. Comme Gray l'avait indiqué, il s'agissait d'une sorte de crypte condamnée par une porte en fer. On pouvait y lire des noms gravés sur des armoiries représentant un loup surplombant trois traits ondulés, des vagues dans la pierre.

Elias tenta de pousser la porte en fer zébrée de traces de rouille, mais elle était fermée. Il se demanda qui pouvait bien encore posséder pareille clé. Les ossements de sa mère et ceux de ses ancêtres se trouvaient juste derrière. Il appuya ses mains à plat sur la porte. Une émotion immaîtrisable gagna du terrain et vint asperger ses yeux. Des âmes damnées étaient enfermées ici. Qu'allait-il faire de ça, une fois que ses yeux seraient secs ? Il décolla les mains et demeura un moment face à l'entrée de la sépulture, chancelant.

Ce fut seulement en reprenant le chemin de la sortie qu'il recouvra ses esprits. Il remarqua alors qu'il n'était plus seul. Une vieille femme se tenait debout devant une tombe, à une trentaine de mètres de lui. Il ne savait pas si elle venait juste d'entrer ou si elle était déjà présente lors de son arrivée dans le cimetière. Il l'observa, tout en marchant. Elle se déplaçait, courbée en avant. On ne distinguait même pas ses chaussures sous un long manteau de drap noir. Son visage disparaissait derrière le col remonté et ses cheveux étaient protégés par un foulard fleuri. Elle s'arrêta de nouveau et fit le signe de la croix face à une autre tombe. Elle renouvela son manège plusieurs fois, sans prêter attention à l'intrus. Elias sortit sans se retourner. Qui était cette femme, pour se recueillir devant les membres d'une famille aussi étendue ?

De retour à la ferme, il trouva Gray occupé à fendre du bois sous l'appentis, près du gîte. Elias le rejoignit, l'observant relever la hache à bout de bras au-dessus de sa tête et la planter sur une bûche sciée à longueur de fourneau, posée sur un billot. Deux morceaux symétriques se séparèrent, comme si d'invisibles charnières venaient de céder dans l'aubier.

Gray se pencha, saisit une nouvelle bûche et la dressa sur le billot.

– T'as trouvé ce que tu voulais ?

– Tu sais où j'étais ?

L'Écossais fendit la bûche et attendit.

– Ils sont bien là où tu m'avais dit, poursuivit Elias.

– Y avait aucune raison qu'ils n'y soient plus.

– Le caveau est fermé à clé.

– Et t'aurais bien voulu entrer…

– Je crois que je l'aurais fait, si j'avais pu.

– C'est une chose que je peux arranger, si tu veux.

– Tu as la clé ?

– Non, mais c'est pas un problème.

Elias jeta un regard au loin.

– Je suis pas sûr d'en avoir envie, dit-il.

– De quoi t'as peur ? dit Gray dans un souffle, au moment où il relevait sa hache.

– Peut-être bien de les déranger.

La hache s'abattit et la bûche se partagea en deux. Le tranchant demeura planté dans le billot et Gray ne le retira pas tout de suite.

– Qui tu crois déranger ?

– Les morts.

– Si tu veux mon avis, les morts, ils s'en foutent pas mal. Ça serait pas plutôt toi que les esprits risqueraient de déranger ?

– Il y aurait quelque chose à redire à ça ? demanda Elias en haussant le ton.

– Pas à partir du moment où ce que tu dis se trouve en face de ce que tu penses.

Gray décolla la hache du billot et fendit une dernière bûche en faisant preuve d'un supplément de rage. Il empila les tronçons sur son avant-bras et les coinça avec le biceps.

– J'ai vu une drôle de vieille femme, au cimetière. Elle passait de tombe en tombe en se signant. Elle faisait comme si j'étais pas là.

– C'est parce que t'étais pas là, pour elle. Elle a tourné du ciboulot, la Marthe, à ce qu'il paraît.

– Tu la connais ?

Gray posa sa main libre sur les morceaux de bois,

ce qui l'aida autant à stabiliser la pile qu'à fabriquer sa phrase.

– Dans chacune des tombes devant lesquelles tu l'as vue s'arrêter et prier, y a le fantôme d'un petit ou d'une petite qui a pas vu le jour à cause d'elle. Je vois pas bien comment on peut vivre avec ça sans perdre une partie de sa raison, et peut-être bien son âme. Si t'avais attendu un peu, tu l'aurais sûrement vue aller où t'étais juste avant pour essayer d'ouvrir une porte fermée.

AU-DESSUS DU PIC ROCHEUX qu'on appelait Shadow Rock, deux vautours fauves se laissaient porter, paisibles, telles des cendres éteintes, leurs larges ailes tendues et immobiles, rémiges flirtant avec un léger vent d'altitude.

– Tu vois, fils, la vie peut être aussi simple que de se laisser porter par les éléments, dit Papa Tulssa en montrant du doigt les deux formes dans le ciel.

L'enfant réfléchit un instant, puis demanda :

– Qu'est-ce qui nous porte, nous, puisqu'on sait pas voler ?

– Autant la terre que l'air, l'eau et le feu, toute chose qu'il n'est pas nécessaire de maîtriser.

– Tout paraît si simple avec toi.

– C'est parce que la vie est simple. Ce sont les hommes qui sont compliqués. Ils se tortillent en attendant la mort et ils oublient bien souvent de vivre.

La lumière du soleil faisait cligner les yeux d'Elias, et il abaissa le regard pour s'en protéger.

– Pourquoi on doit mourir, papa ?

– C'est pas la bonne question. Pourquoi on vit ? En voilà une plus intéressante.

– Et tu as la réponse ?

– J'en ai une.

Papa Tulssa se baissa, ramassa un peu de terre et la laissa filer dans ses mains avant de poursuivre.

– Je pense que si un ou plusieurs dieux nous ont posés sur cette terre, c'est pour qu'on la bonifie, qu'on allume des feux dessus, rien de plus. Les hommes sont rien, la terre est tout. C'est la terre qui demeure. Chacun à notre manière, on doit la rendre plus fertile.

– Y en a bien qui l'épuisent, la terre !

– On doit tenir bon, fils. Passer le relais. Il est possible d'étouffer tous les feux, mais rien ne peut empêcher la pluie de tomber et les rivières de couler.

– Tu essaies de me dire quoi ?

Papa Tulssa posa sa main sur la tête de l'enfant, la fit glisser sur la frêle nuque et la retira, abandonnant une poussière brune sur les cheveux noirs.

– Le feu et l'eau c'est la vie, mais c'est aussi la mort. Et c'est très bien comme ça.

– Pourquoi y a des choses qui vivent pas, dans ce cas ?

– Faut pas que tu raisonnes ainsi. C'est la nécessité qui précède la raison, comme le cheval traîne l'outil. Un caillou est aussi important qu'un être vivant. Il survit à tout. Que ce soit un galet poli par le courant ou un rocher détaché de la montagne, ils deviennent plus que ce qu'ils sont, une fois dans notre main.

– Un caillou ne serait pas inerte, d'après toi ?

Gagné par une intense émotion, Papa Tulssa prit un temps.

– C'est quand les hommes se transcendent par le cœur que la magie du monde peut y entrer.

– Papa ! Je sais que tu as une médecine pour faire de la magie.

– Tu sais ça, toi ?

– Je le sais.

– Et qu'est-ce que tu sais d'autre ?

– Ce que je sais pas, c'est à quoi ça sert, une médecine.

– Je te le dirai quand elle me servira plus à rien, fils.

Papa Tulssa n'avait pas eu le temps de révéler le secret de sa médecine. Elias tenait le petit sac en peau d'orignal que Mama Tulssa lui avait donné à la mort de son homme. Il était si léger qu'on était en droit de se demander s'il renfermait quelque chose. Il lui avait fallu des jours avant qu'il se résolve à l'ouvrir. Il s'était rendu dans la forêt. Il avait couru jusqu'à l'épuisement, et marché, et pleuré en tenant le sac contre sa poitrine, déroulant des câbles de souvenirs, gelant sur place dès qu'ils s'incarnaient ; de sorte que la forêt était devenue un vaste pandémonium.

Les images douloureuses avaient gagné leur tanière obscure. Les larmes avaient moins coulé. Les parfums, les couleurs et le mouvement s'étaient mélangés par convection naturelle. Elias avait défait le nœud de la cordelette qui obstruait le sac pour en écarter les pans.

Il y avait un objet dans le fond, plat et lunaire, qu'il n'avait pas identifié sur le coup. Il avait plongé une main à l'intérieur du sac. Lorsque ses doigts s'étaient retrouvés en contact avec l'objet, il avait compris de quoi il s'agissait. Un os. Pas n'importe lequel.

Il l'avait déposé dans la paume de sa main. Cet os qu'on appelle bréchet, formant la crête du sacrum sur laquelle s'insèrent les muscles des ailes. Des ailes qui en des temps révolus avaient permis à un aigle d'annuler la masse royale de son corps. Elias avait fait tourner l'os dans sa main, comme s'il réfléchissait à la position idéale. Il vit alors le petit graal trouver sa juste place dans sa paume, si souvent incrustée dans celle de Papa Tulssa quand il lui faisait visiter le monde d'Éden.

Cette magie enfermée dans le petit sac de toile ne quittait jamais la poche d'Elias. Il y plongea une main pour éprouver la forme sous le tissu, pendant que Gray s'éloignait vers la maison les bras chargés de bois, et la magie ne lui servit à rien.

Ils avançaient sur la crête de la montagne qu'ils venaient de gravir. Ils ressemblaient à une lance d'apparat ornée de plumes flottant dans l'air en mouvement. De rares mélèzes aux allures de cénotaphes prenaient appui entre les rochers. La troupe progressait toujours avec une extrême prudence. Puis les cavaliers de tête se mirent à descendre par la zone la plus praticable qu'ils avaient pu trouver, une coulée où la neige s'était accumulée. Le poitrail des chevaux faisait exploser la poudreuse, de sorte qu'un chemin fut vite creusé afin que le reste de la troupe piétonne l'emprunte sans risque.

Lorsqu'ils pénétrèrent sous le couvert d'une végétation exclusivement constituée de pins, ils eurent la sensation commune que leurs muscles se relâchaient, ainsi que ceux des chevaux. À tour de rôle, ils passèrent devant un arbre mort, contre lequel un ours s'était dressé à plus d'une hauteur d'homme et avait lacéré le tronc avec ses griffes. Les traces du puissant animal les réconfortèrent, car chacun connaissait les manifestations de la nature sauvage, à l'inverse de la barbarie des hommes qui, elle, paraissait sans limites.

Il ne subsistait du vent opiniâtre des sommets qu'une brise fragile qui s'estompait arbre après arbre. Les cavaliers baissaient la tête pour éviter les branches basses. Ils avaient des allures de boxeurs occupés à parer des coups, attentifs au moindre changement de l'espace, à la moindre modification de la configuration du terrain, et ceux qui allaient à pied suivaient hagards. Puisque au creux de chaque montagne coule une rivière, ils se dirigeaient vers elle.

Ce fut d'abord moins de pins, quelques saules, des hêtres, des peupliers, des arbustes et des arbrisseaux, comme si une main gigantesque avait pris soin de redistribuer les cartes. La vallée apparut.

De la main gauche, Eden Cloud prit appui sur l'échine de son cheval qu'il montait à cru, et se retourna. La troupe d'ombres qu'il avait guidée sans véritable but s'éclaira soudain d'une lumière qui n'avait rien à voir avec celle qui parvenait tant bien que mal à se frayer un chemin entre les frondaisons. Cette lumière était comme un espoir.

Ils savaient tous qu'ils devaient s'arrêter là, quoi qu'il pût se passer ensuite. C'était ici qu'ils devaient rester et être. Ils ne fuiraient plus jamais. Plutôt mourir.

LE MOTEUR DU LADA s'était mis en route de bonne heure. Elias avait regardé par la fenêtre juste à temps pour apercevoir la lunette arrière givrée et la voiture disparaître.

Il était plongé dans un livre quand il entendit les sabots d'un cheval. Elias approcha discrètement de la fenêtre. Suzanne montait la jument avec une grande prestance, contournant le puits avant de rejoindre le chemin donnant sur la pâture. Il demeura encore un long moment à observer la cour vide et essaya ensuite de se concentrer sur sa lecture, mais la silhouette de la jeune femme campée sur le dos de Mariet l'avait projeté vers le souvenir d'une autre silhouette campée sur le dos d'un autre cheval. Pour autant, le souvenir n'effaça en rien la réalité de ce qu'il venait de voir. Au contraire, il l'augmentait.

Environ une heure plus tard, Mariet se manifesta de nouveau sur les pierres de la cour. Elias résista à l'envie de contempler la cavalière. Il referma le livre et attendit que le silence revienne. Puis il affûta le couteau sur le cuir de sa ceinture et graissa ses bottes. Lorsqu'il quitta le gîte, la porte de l'écurie était fermée. Il aurait pu faire un tour avec Otello, mais l'envie de rencontrer la jeune femme sans que son père interfère était plus forte. Il ne savait pas de quoi ils parleraient, si elle daignait lui adresser la parole, et s'en alla malgré tout frapper à la porte de la maison. Personne ne répondit. Elias insista et finit par entrer. La cuisine était déserte, hormis Help qui dormait sur le canapé. Le feu brûlait dans la cuisinière, une odeur de café frais embaumait l'air et Elias entendait couler une douche au-dessus de sa tête. Il demeura un moment rêveur. S'il n'y avait eu la paire de chaussures dans l'entrée, on n'aurait pu déceler trace d'une présence féminine.

Il versait du café dans une tasse quand une voix éclaboussa le cours de ses pensées à la manière d'un saumon remontant une basse rivière.

– Si vous cherchez mon père, il est parti. Je ne crois pas qu'on le reverra de la journée, dit Suzanne, sans paraître dérangée par la présence d'Elias.

Elle portait son jean troué, un long pull de laine et ses cheveux étaient attachés.

– Bonjour. J'ai entendu la voiture, dit Elias surpris de l'attitude de la jeune femme.

– Je suppose qu'il avait besoin de prendre l'air, seul.

– D'habitude, je prends le petit déjeuner avec votre père, c'est pour ça que je me suis permis d'entrer.

– Vous saviez pourtant qu'il était parti.

– Je vais y aller…

– Ça va, ne prenez pas la mouche, je n'ai pas l'intention de bousculer vos petites habitudes.

– Vous avez peut-être envie d'être seule…

– Ça va, je vous dis. Servez-moi plutôt un café.

Elias attrapa une tasse dans le buffet, la remplit et la tendit à Suzanne. Les extrémités des manches du pull arrivaient à la jonction des doigts, semblables à des mitaines. Elle buvait debout en observant Elias, comme si elle attendait qu'il parle.

– Je vous ai vue tout à l'heure, sur le dos de Mariet.

– Le goût des chevaux, j'ai au moins ça en commun avec lui.

Elias fuyait le regard de la jeune femme.

– On a eu une discussion, hier, dit-il.

– Il me l'a dit.

– Vous lui en voulez toujours autant ?

– Bien sûr que je lui en veux. Je ne comprends pas qu'on puisse abandonner une femme à qui on a fait un enfant. Pour qui on a été capable de tuer.

– Il vous a dit qu'il regrette, que ça le ronge ?

– Ça ne sert à rien, les regrets, sinon à rechercher une bonne conscience que personne ne lui donnera, dit la jeune femme en transperçant chaque mot, comme si elle embrochait des bouts de viande fraîche sur une pique.

Elias laissa voyager son regard dans la pièce, espérant qu'elle se calme.

– Je pense que tout homme a droit à une rédemption, dit-il au bout d'un moment.

– On ne va pas être d'accord sur ce point.

– Pourquoi êtes-vous venue, dans ce cas ?

Un sourire ironique traversa le visage de la jeune femme.

– Si je vous le disais, vous ne me croiriez pas.

– Dites toujours.

– On ne se connaît pas assez pour se faire des confidences. Vous m'en feriez, vous, des confidences ?

– J'en sais rien…

– Dès qu'on rentre dans la vie des gens, c'est le début des emmerdes.

– Mon père disait que quelqu'un qui parle grandit celui qui l'écoute.

– Il est mort, votre père ?

– Oui.

– Je suppose que c'était un type bien.

– Le meilleur.

– Le meilleur, répéta-t-elle, les yeux dans le vague.

Le silence qui suivit était une peau tendue sur un tambour, prête à recueillir le moindre son. Le répit se compta en secondes, avant que Suzanne ne fasse voler en éclats le silence.

– Un bon père mort vaut mieux qu'un mauvais père vivant.

– Tout vaut mieux que pas de père du tout, dit Elias que les mots de la jeune femme venaient de fouetter au sang.

– Encore un point de désaccord entre nous.

– Je n'essayais pas de vous convaincre.

– Vous m'avez l'air d'un homme honnête. Il ne

faut pas vous laisser embobiner par un homme sans excuse.

Il n'y avait aucun éclair dans les yeux de la jeune femme quand elle prononça ces paroles, les laissant traîner plus que de raison. Elle quitta la pièce, abandonnant Elias à ses réflexions. Il ressemblait à une mouette clouée par le vent en plein ciel.

GRAY NE REPARUT PAS DE LA JOURNÉE.

Elias eut besoin de marcher après la conversation qu'il avait eue avec Suzanne. Il rejoignit la pierre dressée, surpris de retrouver aussi aisément le chemin de ce lieu propice à la connexion des esprits. La métaphore de son existence était devant lui, dure et arrogante, apophtegme définitif au cœur de la nature foisonnante. Il se demanda si un jour quelqu'un arracherait le menhir à la terre. Les millénaires passés plaidaient en faveur de la pierre debout, et ceux qui l'avaient érigée avaient simplement répondu à un appel tellurique, avec la fierté d'avoir réalisé un acte éternel. Par la suite, des gens avaient gravé des mots et des signes à sa surface, y avaient posé leur empreinte, de sorte que le monolithe était devenu une représentation de l'amont et de l'aval du temps, une porte ouverte ou fermée, selon le regard posé sur elle.

Elias approcha les mains de la roche et ses paumes

se réchauffèrent à son contact. Il touchait la pierre et la pierre le touchait. Il allait maintenant devoir faire avec la révélation de ses origines. Il était décidé à ne pas en estomper les contours. Pour que tout soit dit, il lui fallait vérifier que les os de son père se trouvaient bien dans le pavillon de Philippe de Montvert, ou si ce n'était qu'une légende de plus. Il quitta la clairière, s'enfonça dans la forêt et suivit la pente jusqu'à la rivière. Il retrouva le chemin et prit la direction du château. Gray avait raconté que la rénovation du pavillon datait des nouveaux propriétaires, mais qu'il était demeuré inhabité et qu'on y avait découvert le squelette de Charles.

Arrivé sur place, Elias vérifia que personne ne traînait dans les parages. Il crocheta un des volets du rez-de-chaussée, brisa une vitre avec son coude, introduisit sa main dans l'ouverture et actionna la crémone. Il referma les volets de l'intérieur. Une lumière diffuse provenant d'un escalier saupoudrait une pièce vide qui sentait le ciment. Ses yeux s'accoutumèrent à la pénombre. Il distinguait la cheminée devant laquelle on avait découvert les ossements de l'aîné des Montvert. La zone avait été obstruée depuis, recouverte de béton brut.

Lorsqu'il eut terminé l'inspection du rez-de-chaussée, Elias se dirigea vers l'escalier d'où émanait la source de lumière. Il commença à gravir les marches menant à l'étage. À mi-chemin, dans une niche située au niveau d'une lucarne circulaire, se trouvait un petit sarcophage de verre. Le reliquaire était un parallélépipède d'une quarantaine de centimètres de côté. La lumière qui entrait par l'arrière recouvrait des ossements d'une pellicule dorée. Elias s'approcha plus près pour être certain de ce dont il s'agissait : quelques os disposés en mikado macabre. Lui revinrent en mémoire les mots du père de Chef Joseph. Il avait fait promettre à son fils de ne jamais vendre les os de son père et de sa mère ; ajoutant que les os appartiennent à la terre des origines et que tout homme devait être en mesure de mourir pour qu'il en soit toujours ainsi. Les os de Charles, ce père, n'étaient pas à leur place. Sans plus réfléchir, Elias saisit le sarcophage, qu'il trouva étonnement léger. Il redescendit au rez-de-chaussée, ouvrit délicatement les volets pour s'assurer que personne ne rôdait dans les parages et déposa le coffre sur la terrasse avant de sortir à son tour. Il referma ensuite la fenêtre et les volets. Comme il s'apprêtait à s'enfuir, il lui sembla percevoir un mouvement de l'autre côté du puits, près de la grange, à une dizaine de mètres en contrebas. Il aperçut un buisson de fumée qui s'éparpilla dans l'air au-dessus du toit d'ardoises. Elias retira sa veste, en recouvrit le coffre et avança avec prudence. Gray était assis sur le rebord en pierre du puits. Il fumait.

– Dire que j'essayais d'arrêter, dit-il à la cigarette, puis il regarda Elias. J'ai pris un sac, ça sera plus discret pour trimbaler ce que t'as à trimbaler, ajouta l'Écossais en désignant le sac gisant à ses pieds.

– Comment tu savais que j'étais là ?

Il fit la moue, comme si Elias insultait son intelligence.

– Y avait plus qu'une chose qui était pas à sa place. Fallait pas être sorcier pour deviner que tu voudrais l'y apporter. Dépêche-toi, quelqu'un va finir par rappliquer.

– Où est ta voiture ?

– Planquée bien en dessous du château, pour pas qu'on entende le moteur.

Elias prit le sac, glissa le sarcophage à l'intérieur et remit sa veste.

– T'es vraiment un type pas ordinaire, John Gray.

– T'imagines pas à quel point… Bon, on se retrouve ce soir à la ferme, je t'accompagnerai accomplir ce que tu dois accomplir, si tu veux bien.

– On ne rentre pas ensemble ?

– J'ai encore un détail à régler. Fais attention à pas croiser les gens du château.

– John ?

– Ouais.

– T'es pas obligé, tu sais.

– File, ou tu vas finir par dire des âneries.

Il était environ 22 heures lorsque Gray gara le Lada à deux cents mètres du cimetière. Elias était assis à côté de lui. Il faisait nuit noire. Les deux hommes descendirent de voiture et firent le reste du chemin à pied, sans lumière. Elias suivait, le sarcophage dans ses bras, comme s'il transportait une offrande. Ils progressaient à l'aveugle vers le portail.

Ils pénétrèrent dans le cimetière et Gray alluma la torche. Ils marchèrent jusqu'au tombeau des Montvert. L'Écossais demanda à Elias d'éclairer la façade de la crypte. Il introduisit dans la serrure une tige en métal terminée par un crochet. Il pesta une ou deux fois à cause du mécanisme rouillé, avant que la porte se désolidarise du chambranle. Gray tira sur la poignée et ménagea une ouverture suffisante pour qu'Elias pénètre dans le tombeau.

– Je crois que c'est à toi de jouer, maintenant, je t'attends ici, dit Gray.

Elias entra. Il y avait sept tombes scellées, avec les

prénoms des Montvert qui reposaient là, ainsi que les dates de leur passage sur terre. De l'eau suintait le long d'une paroi, abandonnant une trace sombre sur l'un des anneaux métalliques du caveau de Philippe. Les gouttes s'écrasaient au sol, régulières, comme des larmes expulsées d'une orbite de fer. Elias ressentit un malaise à l'idée d'être entouré de ses propres ancêtres. Il repensa à la faiseuse d'anges rencontrée lors de sa dernière visite au cimetière. Tout en déposant l'écrin de verre sur le caveau d'Estelle, il eut le sentiment de replacer bien plus qu'un squelette à l'intérieur de la matrice pétrifiée des Montvert. Il éteignit la torche et demeura un moment immobile dans la crypte. Au lieu d'accueillir des fantômes, sa tête se vida et il eut la sensation d'ouvrir un siphon dont le contenu se déversait dans l'espace mortuaire. Personne ne vint lui parler depuis la tombe. Le rituel qu'il venait d'accomplir n'avait pas été guidé par les sentiments, mais par un devoir auquel l'homme qu'il était ne pouvait se soustraire. Quant au fils, il savait que jamais il ne reposerait là.

Gray fumait sous la lune désormais apparente, assis sur un caveau voisin, emmitouflé dans sa veste de chasse. La lune disparut derrière un nuage et réapparut peu après. L'Écossais regarda Elias sortir de la crypte et fermer la porte sans dire un mot. Il le laissa prendre un peu d'avance, puis le suivit jusqu'à la voiture. Le froid était intense, mais aucun des deux hommes ne paraissait en être affecté.

– T'as fait ce qu'il fallait, fiston, dit Gray après avoir rejoint Elias.

– J'en suis pas si sûr.

– Si tu l'avais pas fait, tu l'aurais regretté toute ta vie. Tu es au moins libéré de ça.

– Libéré... C'est probablement pas le mot que j'utiliserais.

– T'en trouveras un autre, alors, plus tard.

Personne ne parla plus, jusqu'à ce qu'ils atteignent la voiture. Gray posa une main sur l'épaule d'Elias.

– Avant de rentrer, je voudrais te montrer une dernière chose.

Ils montèrent à bord du Lada. Gray pompa sur l'embrayage et démarra. Elias reconnut la route qui menait au château. Arrivé aux abords du chemin situé en dessous de la chartreuse, l'Écossais mit la voiture au point mort, coupa le moteur et laissa glisser le 4 × 4, qui s'immobilisa quelques mètres plus loin.

– Attends-moi ici, je reviens tout de suite.

– Tu ne veux pas que je t'accompagne ?

– Attends-moi, je te dis, j'en ai pas pour longtemps.

Elias resta dans l'habitacle et vit Gray disparaître derrière le talus. L'air était sec. Une brume légère planait entre les berges du chemin. La lune finit par s'extraire de la suie d'un nuage. L'Écossais surgit à une vingtaine de mètres du 4 × 4. Sa silhouette ne semblait pas avoir les bonnes proportions. Plus les contours devenaient nets, plus l'impensable se matérialisait sous les yeux d'Elias. Gray s'immobilisa devant la calandre, posa à terre ce qu'il transportait et alluma sa torche. Il fit un signe de la main en direction du Lada. Elias sortit du véhicule. Il avait la sensation de flotter à l'intérieur d'une poche d'irréalité.

– C'était vrai ce qu'on racontait, dit l'Écossais en tendant un bras en direction du loup empaillé posé à ses pieds sur un socle de bois.

Il s'agissait d'un grand mâle au pelage anthracite, avec des reflets argentés par endroits. Il ressemblait de façon troublante à celui qu'Elias avait vu de ses yeux à Eden Creek, et ceux de l'animal brillaient comme si un souffle de vie flottait de l'autre côté des billes de verre.

– Tu es décidément complètement dingue.

– Je t'ai déjà dit qu'il fallait pas sous-estimer un homme, quel qu'il soit, et encore moins un Écossais.

– Pourquoi tu es allé le chercher ?

– À vrai dire, c'est une chose que j'avais envie de faire depuis longtemps. Et puis tu es arrivé, et ensuite Suzanne. J'ai pensé que j'avais suffisamment d'exemples à me mettre sous la dent, de choses qui auraient dû être faites et qui l'ont jamais été, pour pas repousser davantage celle-là.

– Tu y es allé aujourd'hui ?

– Ouais, j'ai attendu que le château se vide pour m'y introduire. Le reste a été un jeu d'enfant.

– Et tu l'as planqué en attendant de venir le récupérer la nuit.

– Je comptais le ramener tout de suite, mais je me suis dit qu'avec toi ça aurait plus de panache. Je l'ai recouvert de broussailles. C'est ce que j'étais en train de faire quand je t'ai vu rappliquer. J'ai pas mis longtemps à comprendre ce que tu avais dans la tête.

– Fichu Écossais, tu n'avais pas deviné à l'avance que j'irais au pavillon.

– Eh non, dit Gray en souriant. Le sac non plus, il était pas pour toi. De toute façon, le loup serait jamais rentré dedans, t'as vu sa taille.

– Qu'est-ce que tu veux en faire, de ce loup ?

Gray posa une main sur la tête de l'animal, un geste destiné à rendre encore plus solennel ce qu'il avait à dire.

– T'es d'accord avec moi que sa place est pas dans un château. Ce que t'as déposé dans le cimetière était pas plus à sa place dans le pavillon. Alors ce loup, je vais le ramener dans un endroit qu'il aurait jamais dû quitter.

– Le ramener où ?

– Dans la forêt, pardi. T'en penses quoi ?

– Je pense que c'est un beau projet.

– Y a plus de temps à perdre. Tu m'aides à le mettre dans la bagnole et on y va.

Elias n'aurait su dire quel chemin ils avaient emprunté pour parvenir en pleine forêt. Le 4 × 4 brinquebalait désormais d'ornière en ornière, et des branches d'arbre giflaient le pare-brise et la tôle de la carrosserie. La lueur des phares butait sur des éléments de végétation qui apparaissaient puis disparaissaient, comme si une main invisible les retirait pour les reposer derrière le Lada sans trop de dommages. Bientôt, Gray coupa le moteur. Il attrapa une lampe frontale dans le vide-poche, l'ajusta sur son front et l'alluma. Il saisit un sac à dos et sortit.

Les deux hommes transportèrent le loup sur plusieurs centaines de mètres, de façon à s'éloigner encore du chemin. Lorsque Gray estima l'endroit propice, il déblaya les branchages au sol, ouvrit le sac à dos, en extirpa une pelle pliable et se mit à creuser. Les deux hommes se relayaient dès que l'un faiblissait. Il leur fallut moins d'une heure pour construire la tombe destinée à recevoir la dépouille du dernier loup recensé dans la région. Ils déposèrent l'animal debout dans le fond du trou et le recouvrirent de terre. Une fois le trou rebouché, Gray dispersa la terre excédentaire et plaça des feuilles et des branchages par-dessus.

Il se planta devant la tombe et dit :

– Tu saurais dire une prière pour honorer la mémoire d'un loup mort, toi ?

– Pour quoi faire ? Ça a pas de religion, un loup.

– Qu'est-ce que t'en sais ?

– On a qu'à se dire chacun un truc qui nous convient dans notre tête.

– Faisons ça.

Ils se recueillirent un instant. L'un convoqua un dieu et l'autre des esprits, multipliant les chances du loup de trouver une place dans le vaste ordonnancement de l'univers. La lune et les étoiles observaient l'étrange rituel, impassibles, scrutant les gesticulations des deux humains.

Leur prière terminée, ils regagnèrent le 4 × 4 sans

rien dire. Ce fut au moment d'aborder la route qu'Elias se sentit en droit de parler.

– J'ai vu ta fille, ce matin.

– Ah ! fit Gray qui ne s'attendait pas à ça.

– Elle risque de t'en faire baver pendant un bout de temps.

– J'imagine.

– Je crois que c'est une bonne chose qu'elle soit venue. Pour le futur, je veux dire.

– T'en pincerais pas un peu pour elle ? dit Gray, comme pour modifier l'aiguillage de la discussion.

– On ne se connaît pas, répondit Elias gêné, conscient que l'Écossais venait de reprendre finement la main.

– Y a pas besoin de se connaître pour que ce genre de chose arrive.

– Je ne crois pas être disponible pour le genre de chose que tu insinues.

– Je vais faire un effort pour te croire.

De retour à la ferme, Gray proposa à Elias de l'accompagner à l'intérieur pour boire un verre d'eau-de-vie, précisant que ce serait une bien belle façon de clôturer un enterrement. Elias accepta l'invitation sans se faire prier.

Suzanne était assise sur une chaise qu'elle avait approchée de la cuisinière et elle tenait un bol de café sur ses cuisses. Les deux hommes se regardèrent, comme si chacun attendait que l'autre l'autorise à faire un pas de plus dans la pièce. Help dormait aux pieds de la jeune femme. Il releva la tête à l'arrivée de son maître. Une fois qu'il eut constaté que tout était en ordre, il reposa son museau entre ses pattes, émis un grognement de satisfaction et ferma les yeux. On avait le sentiment que si quelqu'un s'était décidé à dire quoi que ce soit à ce moment précis il aurait mis un coup de cisaille à rebours du temps, car il ne semblait rien y avoir de hasardeux dans l'agencement de cette communauté. Une sorte de cohérence qui les valait toutes.

Gray retira sa veste et la suspendit à la patère. Il s'approcha de la cuisinière. À l'aide d'une tringle, il souleva la plaque d'alimentation et la fit glisser sur le fourneau pour vérifier qu'il y avait suffisamment de bois. Il attrapa deux morceaux dans un panier et les jeta l'un après l'autre dans le foyer. Quelques braises s'envolèrent et s'égayèrent, et disparurent en tourbillonnant. Gray s'accroupit et caressa Help derrière les oreilles. Elias n'avait pas bougé depuis son entrée, se demandant s'il devait rester ou partir. La jeune femme amenait le bol à sa bouche à intervalles réguliers, soufflait sur le café fumant, et buvait à petites gorgées, puis calait le bol sur ses cuisses. Son regard déviait parfois d'un homme à l'autre, non comme si elle eut regardé des intrus qui venaient troubler sa paix, mais comme si elle avait permis à des vagabonds d'entrer pour se réchauffer, rien de plus.

Gray se releva, désignant la cafetière du menton.

– Y a longtemps que tu l'as fait passer, ce café ?

– Quelques minutes, répondit Suzanne, comme si elle parlait à la fumée qui s'échappait de son bol.

– T'en veux une tasse, Elias ?

– C'est pas de refus, je suis gelé.

– Assieds-toi, je te sers.

Elias s'installa à table. Gray versa du café dans une tasse, la posa devant Elias qui le remercia et but. L'Écossais se servit à son tour. Avant de s'asseoir, il alla chercher la bouteille de gnôle perchée sur l'étagère du bahut.

– Ça te dit d'en mettre un peu dans ton café ? demanda-t-il en passant devant sa fille.

– Pourquoi pas, répondit-elle en tendant le bol.

Elias regarda son hôte verser l'eau-de-vie, un geste qui représentait son pesant de mots. La jeune femme trempa aussitôt ses lèvres et grimaça à peine. Gray hocha la tête de contentement et s'assit face à Elias. Il but son café, sans pour autant lâcher la bouteille.

– Fameux ! dit-il.

L'Écossais se pencha ensuite par-dessus la table pour évaluer ce qu'il restait dans la tasse d'Elias.

– Bois encore un peu. Laisse juste un fond de café, dit-il.

Elias obéit.

– Il paraît que c'est une illusion, dit Gray en regardant l'étiquette sur laquelle il avait inscrit le mot *prune* de sa main.

– Une illusion ?

Gray versa de l'eau-de-vie dans les deux tasses et s'enfila une rasade.

– La sensation de chaleur, dit-il.

– J'ai pas vraiment d'avis là-dessus.

– Moi, je dis que c'est après que c'est le meilleur, quand ça se balade partout. Faut pas se fier à la première impression. Pour ce qui est des substances qui réchauffent, je veux bien être qualifié d'expert.

Elias goûta le mélange et il aima la sensation de brûlure dans sa gorge. Il surprit le regard de Gray qui effleurait la silhouette de sa fille. Il avait saisi la métaphore sur la première impression, les barrières à lever, tout ce qu'il estimait concerner sa fille, et peut-être lui aussi. Elias termina sa tasse cul sec. Il était fatigué. Il se retira sans que Gray le retienne davantage.

CETTE JOURNÉE avait conduit Elias à faire le bilan de sa vie. Il savait d'où il venait, qui il était vraiment. Pour autant, il se jouait des choses importantes entre Gray et sa fille, des choses essentielles, de l'ordre du vivant, celles-ci, rien à voir avec les rendez-vous d'Elias avec des morts. Certes, la présence de la jeune femme le troublait, mais il savait aussi que la reconquête d'une fille par son père pesait trop lourd dans la balance.

Elias était né fils d'Estelle et de Charles Greenhill. Ils avaient été auprès de lui dans sa petite enfance et il était incapable de raviver le moindre souvenir de cette époque. Il se souvenait d'avoir grandi avec Papa et Mama Tulssa, ses parents adoptifs, deux êtres exceptionnels, qui avaient porté en eux le secret de ses origines. Ces descendants de la tribu des Rêveurs avaient un code d'honneur. Ils avaient tenu bon, pensant agir au mieux pour Elias. Mais au moment de mourir, Mama Tulssa avait compris qu'elle ne pouvait partir sans révéler la vérité. Elias ne lui en voudrait plus jamais de cette décision, pas plus qu'à Papa Tulssa. C'était dorénavant à lui de composer avec son histoire et de ne pas rejeter la faute sur des absents. Il comprenait ce qu'ils avaient voulu préserver, et il leur savait gré de toutes ces années de bonheur passées à apprivoiser la magie de la terre et des hommes qui l'habitaient. Quoi qu'il se passe désormais, dans quelque direction que le mènent ses pas, il appartenait à ce monde-là.

Les montagnes Rocheuses lui manquaient. Là-bas, il était sentinelle d'un chemin de ronde cernant un château grandiose aux arêtes imprenables, autre chose qu'une petite chartreuse perdue dans la campagne française. Elias aurait probablement pu poursuivre sa quête ici, retrouver un élément après l'autre, mais jamais le mélange idéal de tous les éléments d'Eden Creek : la trace du grizzly dans la neige, la course des loups pourchassant un orignal affaibli, l'immobilité du lièvre épiant le danger, le coyote à l'affût de la proie, la couleuvre sinuant à la surface de l'eau, le scarabée contournant les mottes de terre, la grouse et sa couvée picorant les graines d'avoine sauvage, l'aigle royal en son royaume des cieux, tous les animaux d'Eden Creek. La forêt, la rivière, les écrins de toutes les formes de vie et de mort.

Elias ne regrettait pas son voyage. Au moins, il n'y avait plus de zone d'ombre dans son passé. Le dernier des Montvert resterait Greenhill. Certes, il considérait ce qu'il avait appris à La Croix du Loup comme un des murs porteurs de son existence, mais les fondations, la véritable assise humaine, spirituelle et morale, il la devait à Papa et à Mama Tulssa, à leurs fières origines, et aux trésors de la vallée d'Eden. Le sens profond de sa vie résidait dans l'amour sans faille prodigué par les deux Indiens, à leur présence éternelle, à leurs mots qui continuaient de l'accompagner, tels des psaumes qu'il se récitait pour honorer leur mémoire. Jamais ils ne mourraient dans son cœur opulent, quand ses géniteurs n'y trouveraient jamais de place à leur mesure. Et le temps n'y changerait rien. Elias en était persuadé.

En y réfléchissant, il se surprenait à être apaisé, malgré la sensation de s'être laissé entraîner sur une rivière capricieuse, pour enfin parvenir dans un grand calme, profond. Bien sûr, il ne flottait pas encore sereinement, il devait faire quelques efforts, mais il flottait. Elias était reconnaissant à Gray de l'avoir guidé dans ces eaux sans lui avoir lâché la main, de l'avoir accompagné jusqu'au bout et de s'être livré à son tour sans contrepartie. Elias y avait gagné une amitié. Il ne savait pas ce qu'il en ferait dans le futur, tout cela était tellement nouveau pour lui. Il avait conscience que c'était bon et que ce sentiment né de leur rencontre était nécessaire. Il découvrait que laisser libre cours aux sentiments ne l'effrayait plus vraiment. Sa vie lui appartenait désormais. Il avait bien l'intention de décider du où, du quand et du comment. Il n'était pas trop tard. Rien n'était immuable en ce monde. Tant qu'il y avait de la vie, on se devait de l'explorer. Quoi qu'il puisse en découler, il devait au moins tenter de parler à cette femme qui lui avait confié un simple regard au moment de quitter Eden Creek. Répondre à ce regard, pour que tout soit accompli.

Dès son retour dans le Montana, il irait chercher son cheval chez les Drumm.

Il partirait le lendemain matin.

ELIAS QUITTA LE GÎTE, son barda sur une épaule. Il se dirigea vers le Chevrolet, ouvrit le coffre, y déposa ses affaires et le referma. L'aube semblait écartelée par deux chevaux marchant au pas dans des sens opposés. Une lumière surnaturelle explosait au ralenti en cette fin d'automne et révélait la toute-puissance du soleil, tour à tour, sur l'envers et l'endroit du monde.

Elias se rendit à l'écurie. Dès qu'il fit glisser la clenche du verrou, les chevaux passèrent leur tête par-dessus les portes des box et s'ébrouèrent. Mariet était plus nerveuse qu'Otello. Elias s'avança jusqu'à eux et posa sa main sur le chanfrein satiné de l'un et de l'autre. Il les remercia de l'avoir aidé à revêtir ce pays. Puis il quitta l'écurie.

Gray était dehors. Il tenait une tasse de café. La nervosité se lisait dans ses yeux.

– Qu'est-ce que tu fais à cette heure ?

– Je vais partir.

– T'as raison, c'est le meilleur moment pour faire un tour, dit l'Écossais.

Il but une gorgée.

– Je pars vraiment, John. Je rentre chez moi.

Gray se figea. La pomme d'Adam sur son cou fit un aller-retour, avant de se caler dans son alcôve.

– Y a pas si longtemps t'avais pas l'air de savoir où c'était, chez toi, dit-il en tendant la tasse vide vers le paysage.

Elias accompagna du regard le geste de son hôte.

– Je ne crois pas que ce soit ici, dit-il.

– Tu crois pas, mais t'en sais rien…

– Et puis, vous n'avez pas besoin de moi en ce moment, comme tu me l'as laissé entendre.

– C'est peut-être que t'as pas bien entendu.

Elias esquissa un sourire.

– Je sais pas si je saurais faire avec elle, reprit l'Écossais avec un fond de panique dans la voix.

– Tu n'as plus le choix. Je suis sûr que tu sauras.

Gray hocha la tête.

– Je suppose que rien de ce que je pourrais dire te fera changer d'avis.

– Je vais te payer ce que je te dois.

– Tu me dois rien.

– Bien sûr que si, la location du gîte, la nourriture.

Elias plongea une main dans la poche intérieure de sa veste.

– J'ai dit que tu me devais rien, dit sèchement Gray.

– Je suppose qu'il faut pas que j'insiste et que j'ai plus qu'à te remercier.

L'Écossais s'approcha d'Elias et posa une main sur son épaule.

– Tu as quand même le temps de venir boire un café et de manger un morceau avant de prendre la route ?

– J'ai ce temps-là.

Elias partit en milieu de matinée. Gray le regarda monter dans sa voiture et descendre la vitre. Il avait la sensation de dire au revoir à un vieil ami. C'était peut-être bien ce qu'Elias était devenu.

– Merci pour tout, dit-il.

L'émotion se lisait sur le visage de l'Écossais. Elias jeta un dernier coup d'œil vers la maison.

– Tu diras au revoir à ta fille de ma part.

– Tu veux pas que je la réveille, pour lui dire toi-même ?

– Ce ne serait pas une bonne idée.

– Comme tu voudras.

– Au revoir, John…

– Si jamais il te prend l'envie de revenir faire un tour dans le coin, je préfère que tu débarques sans t'annoncer.

– D'accord. Porte-toi bien, John.

– Allez, file maintenant avant qu'on se mette à chialer.

Gray se tenait debout près de la porte du conducteur, une main posée sur le crâne de Help. Le Chevrolet démarra et s'éloigna dans la cour. Elias fit un signe du bras par la vitre ouverte, auquel l'Écossais répondit d'un « Toi aussi, fiston, porte-toi bien. » Le véhicule disparut. Gray demeura un long moment, le regard dans le vide qui venait de s'ouvrir devant lui. Le chien arrimé à sa caresse ne bougeait pas. Puis il inspira un grand coup et se retourna vers la façade. Derrière une des fenêtres de l'étage, il aperçut sa fille, une étrangère qu'il allait devoir découvrir, et à qui il faudrait apprendre à offrir autre chose que des silences.

Plus tard, Gray s'installa à son établi. Il coinça un hameçon de 14 dans l'étau, coupa l'ardillon à l'aide d'une pince, ouvrit une boîte de dubbings et une autre de fines plumes de coq limousin. Il entreprit de fabriquer une mouche. La première truite sauvage qu'il attraperait, il la garderait et la ferait cuire pour Suzanne, avec un peu de gros sel, un filet d'huile d'olive et quelques brins de ciboulette.

Ils étaient des spectateurs, debout sur les gradins d'une arène antique. Une rivière esquivait les rochers de méandre en méandre. Les visages n'étaient plus fermés. Les yeux salivaient à l'idée d'une paix enfin retrouvée. On entendit les premiers rires d'enfants, et des cris d'adultes suivirent leur sillage. On vit voler des coiffures de guerre, des lances et des flèches. Le silence revint. Les cavaliers descendirent de leur monture. Un conseil s'organisa en hâte, afin de donner un nom à ce lieu qui deviendrait le dernier refuge de ces Indiens libres.

On décida du nom d'Eden Creek, en hommage à leur guide. Eden Cloud en fut ému et voulut même dissuader les membres du conseil de ce choix, prétextant qu'il ne méritait pas un tel honneur, que s'ils étaient parvenus jusqu'ici, c'était avant tout grâce à Joseph et à la tribu tout entière, à ceux qui avaient permis leur fuite depuis les Black Bird Mountains.

Standing Wolf, le plus ancien, demanda le silence. Il prit la parole, et dit que l'espoir devait présider à la destinée des survivants, qu'il fallait aller de l'avant. Puis il se tourna vers le travois où reposaient leurs compagnons morts et ajouta qu'il était temps d'honorer leurs esprits.

Eden Creek naquit dans l'espoir que personne ne volerait plus la terre des Rêveurs.

Durant les décennies suivantes, les Nez-Percés vécurent dans cette vallée perdue, à l'abri des regards. Le premier homme qu'ils rencontrèrent était un déserteur sudiste, venu se cacher là. On lui offrit l'hospitalité sans réticence. Dans le futur, la communauté accueillit d'autres hommes, certains à la peau noire, qui fuyaient l'esclavage, et aussi des Blancs, qui pour une raison ou pour une autre étaient venus se réfugier ici. On énonça aux étrangers les lois à respecter, et chacun s'y conforma. On érigea ainsi le village d'Eden.

Eden Cloud vit naître quatre fils et trois filles. Il les regarda grandir et ils eurent à leur tour des enfants. Il mourut en 1939 à quatre-vingt-un ans. Il ne sut jamais rien de la fureur destructrice en marche, de la guerre qui allait dévorer le monde. Le diable resta toujours à distance, et jamais plus il ne s'aventura pour raviver les braises du passé.

EDEN CREEK

ELIAS DESCENDIT DE L'AVION à l'aéroport d'Helena. Il essaya de récupérer son couteau, mais n'y parvint pas. Il fut au moins heureux de retrouver le vieux Dodge garé sur le parking. Le gardien vint à sa rencontre, comme s'il guettait son retour. Il l'aida à régler le parking et Elias monta à bord du pick-up. Il tira un peu sur la batterie avant de démarrer, puis se dirigea vers la sortie de la ville, à la recherche d'une station-service où faire le plein.

Les maisons s'éparpillaient à mesure qu'il roulait. Il aperçut bientôt les premiers contreforts des Bitterroot Mountains. Le pare-brise servait de zoom et il lui semblait faire la mise au point avec la focale de ses propres yeux. Une chaleur nouvelle se propageait dans son corps, et déverrouillait ses tempes, entre lesquelles il avait laissé s'accumuler trop de désordre.

Il ralentit l'allure, profitant de chaque parcelle de ce territoire, comme s'il devait le reconquérir.

Il ouvrit sa vitre en grand, malgré le froid. Il avait désormais tout son temps et l'espace se déployait devant lui à perte de vue.

Il rencontra les premiers flocons de neige alors qu'il amorçait la montée. Ce furent d'abord de petites paillettes qui se balançaient dans l'air. Les flocons grossirent et se multiplièrent, semblables à une nuée de crickets fantomatiques attirés par le pare-brise. Elias n'y voyait pas à dix mètres. Une vague de bonheur l'envahit, comme si tout son corps venait de se régler sur une température idéale. Il avait envie de rire, de crier. Ses yeux pétillaient. Le vaste monde et ses souffrances s'amenuisaient. Il revenait au pays. Particule osmotique guidée vers la sève nourricière de sa propre existence.

La voix de Gray traversa un océan et lui parvint, des paroles que l'Écossais avait prononcées avant d'enterrer le loup : « J'ai pensé que j'avais suffisamment d'exemples à me mettre sous la dent, de choses qui auraient dû être faites et qui l'ont jamais été, pour pas repousser davantage celle-là. » À cet instant, Elias comprit que quoi qu'il puisse se passer dorénavant il n'abandonnerait jamais les os de Papa et de Mama Tulssa.

LA MARCHE DU RÊVEUR

TOME 2 À PARAÎTRE

Âpre-monde

Cet ouvrage
a été mis en pages par In Folio,
reproduit et achevé d'imprimer
en mars 2023
dans les ateliers de Normandie Roto Impression s.a.s.
61250 Lonrai
N° d'imprimeur : 2300469

Imprimé en France

Dépôt légal : avril 2023